S   jRpoche
ALLA

(fr)

D1412896

Nous remercions le Conseil des Arts du Canada,
le ministère du Patrimoine canadien et la SODEC
de l'aide accordée à notre programme de publication.

Le Conseil des Arts | The Canada Council
du Canada | for the arts
depuis 1957 | since 1957

 Patrimoine   Canadian
canadien   Heritage

Illustration de la couverture
et illustrations intérieures :
Isabelle Langevin

Édition électronique :
Infographie DN

DANGER

LE
PHOTOCOPILLAGE
TUE LE LIVRE

Dépôt légal : 3e trimestre 1998
Bibliothèque nationale du Canada
Bibliothèque nationale du Québec

123456789 IML 98

L'inoubliable scandale du Salon du livre

DE LA MÊME AUTEURE
AUX ÉDITIONS PIERRE TISSEYRE

Collection Conquêtes

« Un déménageur sans empreintes », nouvelle du
    collectif Entre voisins, 1997.
« Le monstre des jours sombres », nouvelle du collectif
    Peurs sauvages, 1998.

Collection Tante Imelda

Le congrès mondial des gens bizarres, roman, 1997.
La baronne de la Longue Aiguille, roman, 1997.
Le rescapé de l'archipel des Dragons Éteints, roman,
    1998.

Aux Éditions HRW (pour la jeunesse) :

Les terrifiantes croustilles de tante Imelda, roman,
    1994.
Le mal mystérieux de la salamandre à quatre orteils,
    roman, 1995.
Le terrible héritage de Constance Morneau, roman,
    1996.
Le dernier vol de l'engoulevent, roman, 1996.
Philippe et son inséparable Dorgé, roman, 1997.
Valérien, le petit ogre végétarien, roman, 1997.

Aux Éditions Québec-Amérique (pour la jeunesse) :

La dernière course de Mado Bélanger, roman, 1998.

Aux Éditions Vent d'Ouest :

« Le dernier voyage d'Odilon Bernski », nouvelle du
    collectif Amitié, dites-vous ?, 1998.

Aux Éditions Stanké (pour les adultes) :

Défense et illustration de la toutoune québécoise,
    essai, 1991.
Ma belle pitoune en or, roman, 1993.
La couleuvre, roman, 1995.
Babyboom blues, récits, 1997.

L'inoubliable scandale du Salon du livre

Francine Allard

ÉDITIONS
PIERRE TISSEYRE

5757, rue Cypihot, Saint-Laurent (Québec) H4S 1R3
Téléphone: (514) 334-2690 – Télécopieur: (514) 334-8395
http://ed.tisseyre.qc.ca
Courriel: info@ed.tisseyre.qc.ca

Données de catalogage avant publication (Canada)

Allard, Francine

    L'inoubliable scandale du Salon du livre

    (Tante Imelda ; 4)

    Pour les jeunes.

    ISBN 2-89051-698-9

    I. Titre II. Collection : Allard, Francine,
                                  Tante Imelda ; 4.

PS8551.L547I56 1998   jC843'.54   C98-940733-0
PS9551.L547I56 1998
PZ23.A44In 1998

À ma douce Mélanie,
dont le souvenir de sa petite tête blonde
évoque ce que j'ai de plus précieux
et ce pourquoi je tiens à me dépasser sans cesse.

1

La déprime

Cette fois, mes parents n'avaient pas demandé à tante Imelda de s'occuper de moi. C'est moi qui allais devoir m'occuper d'elle.

Samedi matin, grand-mère Thérèse a téléphoné à ma mère :

« Je suis très inquiète, affirma-t-elle. Ma sœur ne veut plus manger. Même les graines de tournesol ne lui disent plus rien. »

Maman s'est mise aussitôt à s'énerver. Moi, je n'ai pas attendu. J'ai enfourché ma

bicyclette et je me suis précipitée chez les Mc Dermott à la vitesse de l'éclair.

J'ai actionné le heurtoir, et une petite voix lointaine a répliqué : « Oui, entrez ! » Un peu timidement, dois-je l'avouer, j'ai pénétré dans le portique de la vieille maison. J'avais si peur de trouver ma grand-tante ou son Gérard, malades et affaiblis. Les rideaux étaient tirés. Malgré le soleil qui frappait fort dans les fenêtres, on aurait cru que nous étions le soir. La petite lampe, près du fauteuil préféré de Gérard, éclairait chichement le salon.

Yogourt, qui, lui, avait débarqué dans le joli cottage des Mc Dermott avec l'assurance d'un saint-bernard, reniflait partout. Comme s'il cherchait la vieille menotte qui avait l'habitude de lui tendre une friandise. Pas de vieille menotte. Mais des friandises, ça oui !

Sur la table basse soutenue par quatre anges de bronze, un petit bol était rempli des biscuits préférés de mon chien et, juste à côté, il y avait une note à mon intention : « Nous sommes dans la chambre des maîtres. »

Ainsi, ils avaient deviné que je viendrais ce jour-là. C'était tout de même étrange. Comment pouvaient-ils savoir ?

Pour me rendre à la chambre de ma tante et de son vieux mari, je devais traverser la cuisine.

La table avait été mise. Quelle ne fut pas ma surprise lorsque je vis Fidel et Mao, les deux cacatoès, et Picwick, le ouistiti, en train de se gaver de céréales et de fruits frais restés dans les deux assiettes de grès. En les apercevant, Yogourt se mit à japper aussi fort qu'un loup, ce qui aurait dû faire accourir tante Imelda et Gérard qui demeurèrent absents.

J'étais au bord des larmes. Qu'était-il donc arrivé aux Mc Dermott? Je craignais le pire. Cambriolés et menottés? Torturés? J'avais peur de pousser plus loin mes recherches. Mes jambes dansaient la java, et mon bichon me collait aux talons comme s'il avait aperçu le chef des collectionneurs de gros orteils*. Je me décidai enfin à parler. Ma voix tremblait.

— Yogourt, va me chercher tante Imelda. Allez, trouve-la, mon chien!

Tel un pisteur, Yogourt fit le tour de la cuisine, flaira quelques odeurs familières, sursauta et s'immobilisa avant de repartir

---

* Lire *Le congrès mondial des gens bizarres*, Éditions Pierre Tisseyre, 1997.

d'un pas assuré. Je le suivis. Il me mena jusqu'à la chambre de mes hôtes. La porte était close. J'entendis alors de petits rires étouffés et la voix rassurante de Gérard. Je m'apprêtais tout de même à retourner au salon pour ne pas être indiscrète, lorsque, d'un coup sec, la porte s'ouvrit.

— Tiens, la petite est ici ! s'écria Gérard en me souriant.

— Enfin, vous êtes là ! Tout le monde s'inquiète à votre sujet. Je vous croyais malades, enlevés par des bandits ou ass...

— ... assermentés ?

— ... assortis ? Oui, ça, nous le sommes, tu peux le dire.

Je me mis à rire. Je voulais évidemment dire « assassinés », mais j'avais peur de prononcer le mot.

— Grand-mère Thérèse a téléphoné à la maison. Elle était bouleversée. Elle n'arrivait plus à vous parler, tante Imelda. Je suis venue tout de suite. Que vous est-il donc arrivé ?

Ma grand-tante me fixa l'espace d'un soupir, puis, assise dans sa bergère de rotin, elle se remit à fouiner dans le gros coffre posé à ses pieds.

Gérard m'entraîna à l'écart, près de la grande armoire.

— Ta tante fait une petite dépression, Ingrid. Elle n'arrête pas de trifouiller dans ses souvenirs. Elle regarde d'anciennes photographies. Le docteur Don Salesse est venu l'examiner hier soir, tu sais.

— Mais le docteur Don Salesse est un vétérinaire. Il ne peut pas soigner les gens. Encore moins... les vieilles personnes! objectai-je avec véhémence.

Tante Imelda se leva comme un ressort brisé.

— L'Homme est avant tout un animal, ma nièce. Don Salesse sait comprendre et soigner les bêtes qui ne possèdent pas la parole, imagine comme il doit être excellent pour les vieilles pies comme moi!

— C'est vrai... d'habitude. Mais, toi, tu n'as pas prononcé un mot depuis trois jours! lui lança Gérard, visiblement inquiet.

— Je faisais comme Céline Dion! Je reposais mes cordes vocales, c'est tout.

— Le docteur Salesse a dit que tu fais une légère dépression et que, dès que tu auras un nouveau projet, je retrouverai ma bonne vieille Imelda-la-voyageuse.

— Peut-être bien qu'il a raison! répliqua la pauvre malade.

Je m'approchai de ma grand-tante et je m'accroupis à ses côtés. Elle posa sa main chaude sur mes cheveux.

Sur la moquette étaient étalés des centaines de photos, des billets de train, des masques, des pierres, des plumes et de petits animaux sculptés. Dans une boîte, tapissée de fleurs de lavande séchées, des piles de lettres enrubannées attendaient qu'on les lise.

— Tu vois, Ingrid, tout ça c'est ma vie, murmura-t-elle comme si elle se parlait à elle-même.

Puis elle poussa un autre long soupir qui ressemblait à un accord de cornemuse. Gérard s'esclaffa.

— Excuse-moi de rire ainsi, mon Imelda, mais tu me fais penser à Aline de la Longue Aiguille lorsqu'elle...

D'un seul coup, tante Imelda retrouva toute sa vitalité. Il ne fallait jamais prononcer le nom de la baronne de la Longue Aiguille devant elle. Visiblement, Gérard n'avait pas dû réfléchir très longtemps. Mais je m'aperçus qu'il était très satisfait de l'effet que sa phrase malheureuse avait eu sur sa dulcinée.

— Je te fais penser à qui, Gérard-le-gaffeur? maugréa-t-elle, les poings fermés.

Gérard me sourit d'abord, puis se tourna vers tante Imelda.

— Bon, ma chérie. Il en est où, ce projet ? Que comptes-tu faire pour occuper tes journées... et les miennes ?

— Et les miennes ? ajoutai-je en sautillant avec mon petit bichon dans les bras.

Tante Imelda quitta son fauteuil, écarta les tentures pour laisser pénétrer le soleil. Elle jeta un coup d'œil sur tous ses souvenirs éparpillés sur le tapis et retapa son chignon.

— Je serai la prochaine Marguerite Yourcenar ! Je vais écrire mes mémoires. Je deviendrai écrivaine. Ça, je vous le promets.

Puis elle s'assit par terre et m'entraîna avec elle en soulevant quelques photos écornées.

— Tu vois, ici, c'est mon chat Mystère et là, mon chien Boule de gomme. Il ressemblait beaucoup à Ya-ourt. Il est mort des suites d'une crise de foie. Trop de beurre d'arachides. Ici, c'est Myrtille Macaque et Ruello lorsque je les ai connus à Paris. Là, c'est mon Gérard, juste avant qu'il ne me quitte pour la Chine. Ici, c'est... oh...

Tante Imelda se tut. Elle venait d'apercevoir deux petites filles en robes blanches.

— C'est ma sœur Thérèse et moi, lors de la fête des Fleurs. Nous avions une couronne de seringas autour des cheveux. Tout à fait charmantes, n'est-ce pas ? Oh ! regarde Gérard ! C'est le chef des Loutou, à cheval sur l'aile de notre avion. Il voyage toujours en classe *tourisque**.

Ma grand-tante examina ainsi des centaines de photographies. Gérard et moi ne nous lassions pas de l'écouter. Entre les rires et les exclamations, nous n'avions pas remarqué que le soir avait enveloppé la vieille maison. C'est Yogourt qui, en demandant la porte pour aller faire pipi, nous ramena à la réalité.

— Je serai écrivaine. Je commencerai demain matin à la première heure.

Après avoir tout rangé, tante Imelda se rendit à la cuisine où elle nous concocta sa fameuse salade de clémentines et d'olives et son pain à la farine de quenouille. Elle s'était remise à parler, à chanter et à rire. Gérard était si content. Et, moi, je me hâtai de rassurer ma mère qui était morte d'inquiétude.

---

* Lire Le *congrès mondial des gens bizarres*, Éditions Pierre Tisseyre, 1997.

— Je savais que tu réussirais à la réconforter, ma belle Ingrid, me confia ma mère au téléphone. Elle t'aime tellement.

— Tante Imelda a un nouveau projet, lui révélai-je.

— Comme celui de diriger une chorale de phoques sur une banquise ? Ou de coudre des maillots de bain pour les hippopotames ? Ou de jouer au golf dans le désert du Sahara ?

— Non, elle veut écrire un livre.

— Rien que ça ? C'est bien banal, vraiment ! soupira ma mère.

— C'est tout un projet, au contraire. Elle a tellement de choses à raconter. Et puis, elle parlera sûrement de nous. De toi et de papa aussi.

— C'est bien ce qui me fait peur, ajouta-t-elle avant de reposer le combiné.

2

Cher Titou Lamarmotte !

La joie pour me réchauffer le cœur
Durant les longues soirées d'hiver
C'est de téléphoner à mes deux sœurs
Les inviter à prendre un verre
Avec une ou deux galettes aux raisins
Je peux ensuite reprendre le train.

Tante Imelda interrompit sa lecture. Elle regarda son Gérard en riant.

— Allons donc! Cette poésie est plutôt... loufoque.

— Elle est de qui? questionna mon grand-oncle.

— De Titou Lamarmotte.

— Titi qui?

— Titou Lamarmotte, un grand poète québécois. Tu ne le connais pas? Il a remporté le prix du Gouverneur général l'an dernier, pour son recueil de poésie intitulé *En glissant sur la savonnette, j'ai rencontré Huguette*. Il a créé le genre, il paraît. Martin Régimbald du *Quotidien* a adoré! expliqua tante Imelda.

— Drôle de moineau, ce Titou! lança Gérard.

— Drôle de marmotte, vous voulez dire! ajoutai-je.

— Il n'a écrit qu'une seule œuvre, mais il la récite si bien. Tous se souviendront de sa verve et de sa présence sur scène. Inoubliables! Mais il est si prétentieux qu'il harangue les foules pour un oui ou pour un non! Tout un énergumène!

— En effet! nous répondîmes, Gérard et moi, en stéréophonie.

— Je vais lui téléphoner, annonça ma grand-tante en se dirigeant vers l'appareil posé sur la crédence.

— Pourquoi veux-tu parler à cet hurluberlu de poète? Tu sors à peine d'une dépression, ma choupette! Il faut que tu ménages tes nerfs... et les miens, dit Gérard visiblement inquiet.

— Gérard! Ça prend quelques relations dans le milieu pour devenir auteure d'un best-seller, tu sais.

— Ne nous énervons pas! Stephen King ne s'est pas fait en deux jours! Tu n'as pas encore écrit trois mots que tu t'imagines déjà récipiendaire du prix Goncourt!

— Je gagnerai le prix Goncourt!

— Et pourquoi ça, madame la grande romancière à la gomme? demanda Gérard en tirant une bouffée de sa pipe.

— Parce que je vais parler de toi, mon gros nounours au sucre à la crème, répondit l'écrivaine.

Devant le ton amoureux de sa chère Imelda, Gérard en perdit la voix. Il toussota, puis scruta la pièce dans ses moindres recoins. Il attrapa un bouquet d'hortensias de papier et, avec la maladresse d'un jeune amoureux, l'offrit à sa femme qui accepta de jouer le jeu.

— Oh! vous êtes gentil, monsieur. Elles sont tellement jolies et sentent si bon!

— Euh... habitez-vous chez vos parents ? demanda Gérard en lui baisant la main.

— Ils sont sortis pour la soirée, répliqua-t-elle en mimant une jeune fille de bonne famille.

— Alors, j'ai peut-être le temps de vous embrasser, ajouta-t-il en s'exécutant.

Yogourt et moi, nous nous roulions par terre. Ils étaient si drôles en jeunes amoureux.

Puis ma tante reprit son sérieux. Elle composa enfin le numéro de téléphone de son ami Titou Lamarmotte et se cacha dans le placard pour y tenir une conversation plus intime.

Gérard avait beau poser son oreille contre la porte close, il n'entendait rien. Il retourna s'asseoir dans son fauteuil pour y faire du boudin. « C'est sa spécialité culinaire ! » répétait souvent tante Imelda.

Moi, je m'emparai d'un livre des célèbres châteaux du monde, et Yogourt entreprit de mâchouiller un os de cuir.

Lorsqu'elle sortit enfin de son cagibi, le chignon ébouriffé, tante Imelda était tout excitée.

Le poète Lamarmotte sonna à dix-sept heures précises.

Jamais je n'avais vu un poète aussi étrange. Il avait le front haut, les sourcils aussi fournis que deux boules de laine et des lunettes aussi carrées que des diapositives. Il portait les cheveux mi-longs et il les avait enduits de brillantine. Ses vêtements étaient ceux d'un jeune collégien : chemise blanche, cravate, débardeur marine et pantalons assortis lui enserrant les mollets. Il marchait en s'aidant d'une canne taillée dans une branche tordue. Il devait avoir environ soixante ans. Il aurait pu passer pour un vendeur d'encyclopédies ou encore un fonctionnaire du gouvernement. L'invité de tante Imelda n'avait justement rien d'un poète tel que je me l'étais imaginé.

— Bonjour, mes amis, lança Lamarmotte en exécutant une courbette. Il y a ici une future grande écrivaine, paraît-il.

— Bien oui, ajouta Gérard. Elle est déjà plongée dans son premier roman. Mon Imelda a toujours été une championne dans l'art de raconter des... sornettes.

— Tu as bien dit que c'était un art. Alors, j'abonde dans ton sens. Monsieur Lamarmotte, je suis heureuse de recevoir chez moi un autre grand écrivain, dit-elle.

— En avant la prétention ! murmura Gérard en reluquant de mon côté. Les paons ne sont pas tous dans la *paonderie* !

Durant plus de deux heures, Titou Lamarmotte et tante Imelda s'entretinrent de littérature, du monde de l'édition, de l'orgueil des écrivains et de la difficulté d'être compris, bien évidemment.

Durant plus de deux heures, mon grand-oncle Gérard et moi, nous distribuions des jus de légumes frais, des tisanes sucrées et des petits fours. Nous écoutions parler les deux talentueux auteurs qui n'en finissaient plus de nous étonner. J'avais hâte de raconter cela à mon amie Stéphanie. Elle adorait tante Imelda tout autant que moi. J'avais surtout hâte que Titou Lamarmotte file dans son terrier afin que ma grand-tante commence à écrire ses futures célèbres aventures.

Le poète nous quitta vers minuit. Gérard ronflait dans son fauteuil, et, Yogourt et moi, nous avions gagné notre lit dans la chambre d'amis.

À cinq heures du matin, la lumière de la petite lampe de zinc avait faibli avec la montée du jour. J'aperçus ma grand-tante endormie devant une montagne de feuilles remplies de pattes de mouches.

En effet, de son écriture de délinquante, tante Imelda avait noirci des dizaines de feuilles roses. Des ratures, des gribouillages, des petites phrases ajoutées dans la marge, des bouts de papiers collés à la sauvette, tout portait à croire que ma grand-tante avait écrit sans relâche.

En percevant ma présence, elle se réveilla brusquement.

— Oh! que c'est fatigant le métier de créateur, ma chérie. J'avais besoin de faire un roupillon pour reposer mes neurones.

J'ai plein d'idées. Ce sera un succès de librairie, tu vas voir.

— Je n'en doute pas un instant, ajoutai-je pour l'encourager.

— J'ai déjà écrit le synopsis de mon récit. C'est en peu embrouillé, mais je vais m'y retrouver. Je commence l'écriture dès demain matin à la première heure. D'ici là, je vais me reposer. Va rejoindre Gérard. Il aura besoin de quelqu'un pour s'occuper de lui. La solitude, c'est le sort qui attend tous les compagnons des grandes écrivaines. Il faut qu'il s'y fasse !

L'inspiration de dame Imelda

e lendemain matin, comme nous avait prévenus tante Imelda, elle s'était mise à l'écriture. Sur son secrétaire d'acajou, elle avait posé une carafe d'eau fraîche et des plateaux de noix. Elle disparaissait presque sous ses dictionnaires analogique, synonymique et encyclopédique. Et elle avait installé un oreiller pour soutenir ses reins de vieille romancière. Une véritable écrivaine !

Tout à coup, elle laissa échapper un long soupir.

— Je n'y arrive pas ! s'écria-t-elle.

Gérard entra dans la pièce, tenant le tuyau de l'aspirateur.

— J'y arriverai encore moins si tu joues à la femme de ménage, Gérard-la-bonniche ! persifla-t-elle.

Gérard connaissait bien son Imelda. Il ne fit pas attention à ses vociférations.

— Tu as mis plein d'écales de noisettes par terre. Picwick va s'étouffer avec, tu le sais bien, expliqua-t-il avec calme.

— Je n'arrive pas à commencer la première phrase. Tout ce que j'ai écrit, c'est : « Les tulipes venaient d'éclore. »

— Donc, c'était le mois de mai.

— C'est ça !

— Alors, écris-le !

— Pas besoin.

— Mais si !

— Mais non, puisque les tulipes fleurissent toujours au mois de mai.

— Pas si tu te trouves en Chine ou en Terre de Feu.

Tante Imelda se mit à réfléchir. La question soulevée par Gérard semblait déranger les plans de l'écrivaine. Elle était toute retournée. L'éclosion des tulipes allait provoquer la Troisième Guerre mondiale. Il me fallait intervenir.

— Bon, mon oncle Gérard, pourquoi ne pas laisser tante Imelda toute seule avec son inspiration.

— Mais... mais... le mé... le ménage..., balbutia-t-il.

— Nous ferons le ménage une autre fois. Les grandes écrivaines ont besoin de solitude, tout le monde sait ça. Venez au salon. Nous allons jouer une partie de dames, lui suggérai-je.

— C'est ça, allez jouer dehors! s'exclama tante Imelda en se grattant le cuir chevelu avec sa plume.

Je ne comprenais pas pourquoi ma tante n'écrivait pas à la machine à écrire.

— Les livres écrits à la main valent une fortune à la Bibliothèque nationale lorsqu'on devient célèbre. Je pourrai peut-être m'acheter une villa à Key West, en Floride, expliqua l'ambitieuse écrivaine en grattouillant le papier de sa plume d'oie remplie d'encre verte. De toute façon, je devrai ensuite tout réécrire à la machine. Une antiquité! Allons, adieu mes amours! Abandonnez-moi à mes muses!

Pendant les trois jours qui suivirent durant lesquels Tante Imelda s'astreignait à écrire ses mémoires, Gérard, Yogourt et moi allions faire des promenades afin d'observer les oiseaux. Nous apportions des sandwiches au beurre d'amande et nous allions nous asseoir sur le bord du fleuve Saint-Laurent. Nous nous rendions au Vieux-Port pour y observer les patineurs à roues alignées qui zébraient les petites rues pavées. Nous allions au cinéma; nous visitions les musées; nous passions le temps, quoi.

Mais je m'ennuyais beaucoup de tante Imelda. Et son Gérard aussi. Chaque fois que nous revenions à la maison, tante Imelda se drapait dans son rôle d'écrivaine et ne consentait nullement à nous parler.

— Que la création me pèse! sopranisait-elle en refermant la porte de son bureau.

Parfois, elle arborait son plus beau sourire et nous criait:

— Ça s'en vient, mes amours!

Lorsque je retournais à ma guise à la maison, mes parents se bidonnaient.

— Elle doit écrire un dictionnaire, c'est certain.

— Avec tout ce qu'elle a vécu, ce sera une brique, pour sûr !

— Elle va attraper une tendinite si elle ne se repose pas.

— J'ai quand même hâte de savoir..., ajouta mon papa Bernard.

— Savoir quoi ? s'inquiéta ma mère.

— Ce qu'elle va dire de nous, murmura-t-il en riant.

C'était sur une note gaie qu'une fois de plus, nous songions tous à tante Imelda.

Ce vendredi-là, Gérard et moi n'entendions rien lorsque nous posions l'oreille contre la porte du bureau de ma tante. Ni marmonnements, ni soupirs, ni ronflements.

Je m'apprêtais à entrouvrir la porte capitonnée lorsque la voix de notre auteure éclata dans le silence de la vieille demeure.

— Ça y est ! L'œuvre est terminée. Je peux maintenant me reposer.

Gérard était heureux comme un petit garçon dont le papa lui aurait enfin offert sa première locomotive de bois. Il allait et venait comme un bourdon, excité par l'odeur de la reine. Et notre reine à nous, c'était Imelda de Jubinville, de qui nous nous étions terriblement ennuyés.

— Je te prépare un bain de lavande, la Melda-à-son-Gérardoux, proposa-t-il en dansant le tango avec la serpillière.

— Tu serais tellement gentil. De la lavande et un peu de thym moulu pour mon arthrite.

— Un peu de thym moulu pour l'arthrite de mon écrivaine, répéta-t-il en saupoudrant l'herbe aromatique.

— Si tu voulais, j'aimerais aussi une pincée de coriandre pour mes courbatures.

— Une pincée de coriandre pour les courbatures de mon auteure préférée.

— Et un soupçon de poivre rose pour raffermir mes muscles.

— Du poivre rose pour les muscles de madame !

Tante Imelda riait à gorge déployée tout en agitant l'eau de son bain du bout de ses doigts sensibles.

La porte refermée sur elle, nous entendîmes tante Imelda murmurer des chansons douces et barboter comme un petit bateau. Puis, une heure plus tard, son Gérard la trouva complètement endormie, le bras entourant son canard de plastique, la tête appuyée sur le rebord de la baignoire. Tante Imelda ronflait tant, qu'elle ne se rendit jamais compte que son vieux compagnon l'avait revêtue de son peignoir et déposée sous son édredon de plumes d'autruche.

À minuit, quand nous sommes entrés pour avoir enfin de ses nouvelles, notre héroïne dormait toujours à poings fermés. La création avait fait une autre victime. Pour le plus grand bien de ses admirateurs. Nous la laissâmes dormir.

Lorsqu'elle s'éveilla, les oiseaux venaient à peine de commencer leur concert sous la feuillée timide des saules. Gérard, qui avait tout prévu, nous avait préparé un déjeuner de jour de fête.

— C'est mon anniversaire, mon Gérardoux? demanda-t-elle en se moquant un peu de son mari.

— C'est pour célébrer une naissance, en effet.

— Victor et Sandrine ont eu des bébés salamandres?

— Mais non, je veux parler de la naissance d'une grande œuvre. Lui as-tu trouvé un titre?

— J'hésite entre *Les mémoires d'une pauvre vieille excentrique* ou encore *Imelda de Jubinville, toute la vérité*.

Gérard et moi devions nous mordre les joues pour ne pas éclater de rire.

— C'est l'éditeur qui décidera, ce sera mieux, ajouta Gérard avec hésitation.

— Il faut un titre explosif! Ça aide à vendre, suggérai-je.

Tante Imelda se mit à réfléchir.

— BOUM! hurla-t-elle au bout de quelques minutes.

— Quoi, boum?

— C'est le titre. BOUM! Ce n'est pas assez explosif à votre goût? C'est facile à retenir. C'est court. C'est extraordinaire, Ingrid. Merci de me l'avoir trouvé. Mon livre s'intitulera BOUM!

J'imaginais, d'ores et déjà la réaction de mes parents. Mais je trouvais quand même que le titre choisi par ma grand-tante avait le mérite d'être très original. «Avez-vous lu BOUM!? C'est une véritable bombe!» Ou encore: «Lisez BOUM! et vous serez renversé!»

Chère tante Imelda...

4

La chasse à l'éditeur

Le manuscrit sous le bras, son chapeau orné de petites mésanges, tante Imelda tenait aussi une liste des éditeurs qui foisonnaient dans la métropole. Elle avait bien pris soin d'identifier quels étaient les créneaux de chacun. Certains ne publiaient que de la poésie; d'autres, que de la littérature pour la jeunesse. D'autres encore se spécialisaient dans la croissance personnelle : L'*importance de posséder des cheveux dans un monde chauviniste* ou *Comment le chewing gum a sauvé mon mariage*. Des trucs comme ça.

Le choix de tante Imelda tomba sur l'éditeur le plus connu de tous : Stanley Allen. Lorsque nous arrivâmes chez lui, un grand homme à la tête chevelue nous apparut dans l'entrebâillement de la porte. Il mâchouillait un gros cornichon à l'aneth qu'il déposa sur le rebord d'un cendrier comme si c'eût été un cigare. Sa maison, percée de dizaines de fenêtres, était ornée de magnifiques tableaux d'art naïf. L'escalier, pour se rendre au deuxième, était soutenu par un arbre ébranché que monsieur Allen avait ramené de la campagne. Partout, des tablettes croulaient sous le poids des livres qu'il avait publiés. L'éditeur nous invita à entrer. Il souleva Yogourt qui disparut au milieu de sa main géante.

— Dis donc ! tu es vraiment minuscule, toi. On dirait un chihuahua dans un manteau de mouton de Perse !

— C'est un bichon de l'île de Malte, cher monsieur Allen. J'en parle dans mon livre BOUM !

— BOUM ? Boum quoi ?

— C'est le titre de son récit autobiographique, se hâta d'expliquer Gérard.

— Je reçois deux cents autobiographies chaque année, vous savez! lança l'éditeur en se calant dans sa chaise. Toutes les personnes d'âge mûr ont prétendument vécu la plus trépidante des existences. Et leur histoire est toujours dix fois plus intéressante que les autres! Je connais ça!

— La sienne n'a rien de semblable aux autres, je vous le jure! risquai-je à mon tour.

Monsieur Allen sourit. Son menton en galoche me rappela ses nombreuses apparitions à la télévision. Ma grand-mère le trouvait si drôle.

— Qu'a-t-elle de si différent, votre grand-tante, mademoiselle-la-gadelle?

— Le livre de tante Imelda est si... il est tellement... il est...

— Laissez-le-moi. Mon comité de lecture va se pencher dessus. Je vous rappelle d'ici... trois mois. Apposez votre signature ici, madame de Jubinville.

Gérard se mit à s'énerver.

— Pourquoi faut-il sa signature si vite?

— C'est juste pour m'assurer que votre épouse ne va pas porter son ouvrage ailleurs. Cela nous réserve l'exclusivité ! Ce n'est valable que pour trois mois, bien entendu !

— Ça va. Je vais signer, *bien entendu*, acquiesça ma grand-tante l'écrivaine.

Et tante Imelda signa le contrat d'exclusivité que lui tendait Stanley Allen.

Dans la rue, Gérard continuait de s'énerver.

— Pendant qu'il a l'exclusivité, tu ne peux pas l'envoyer ailleurs, ma biquette.

— Pas besoin de l'envoyer ailleurs. Je l'ai vu dans son regard. Stanley Allen va publier BOUM !

Je me mis à applaudir et Gérard se détendit.

— Puisque vous le dites, tante Imelda ! Je suis sûre que cela va faire un succès de librairie.

Cela faisait presque trois mois que nous avions confié les mémoires de tante Imelda à monsieur Allen.

— Je vais lui téléphoner demain. Je serai libérée de mon contrat. Je pourrai aller porter mon manuscrit chez un autre éditeur.

Gérard entra subitement avec tout le courrier. Il y avait justement une lettre des Éditions Internationales Stanley Allen. Ma grand-tante l'ouvrit délicatement, puis, ayant posé sa main gauche sur son cœur, elle se mit à lire avec nervosité.

Ma chère madame de Jubinville,

Nous regrettons de vous annoncer que votre manuscrit intitulé BOUM! n'a pas su toucher la sensibilité des membres de notre comité de lecture. Nous vous souhaitons bonne chance et nous vous encourageons à poursuivre votre travail d'écriture...

Elle interrompit sa lecture.

— Cela ne m'étonne pas du tout.

— Comment ça? Tu disais l'autre jour que tu étais certaine que monsieur Allen...

— J'y ai repensé. Mon livre est trop bon pour lui. Il ne publie que d'affreux cocos en mal de sensations fortes, des auteurs qui ne sont pas des écrivains, des gens déjà connus qui ont une mauvaise plume! BOUM! devra être publié aux éditions Du grand escabeau, rien de moins!

— Tu y vas un peu fort, non? ajouta Gérard qui ne craignait pas la mort.

— J'adore les livres des éditions Du grand escabeau. On les a tous à l'école, ajoutai-je pour encourager Tante Imelda.

— Pourquoi pas au Polygone ou à Libre Sensation ? Tu as le choix.

— Je sais ce que je vais faire, conclut l'écrivaine en riant.

Au coucher du soleil, ma grand-tante avait terminé sa lettre. Une note seulement, couchée sur du joli papier Saint-Gilles avec son écriture la plus fine. Elle la déposa sur la table au-dessus de verre, nous invitant à en prendre connaissance. Tante Imelda riait comme une enfant.

Je m'emparai de la feuille et me mis à lire avec déférence :

Cher éditeur,

Félicitations !

Quelle chance vous avez ! Votre maison d'édition vient d'être choisie parmi toutes celles qui sont reconnues par notre bon gouvernement, pour publier le manuscrit intitulé BOUM ! œuvre de madame Imelda de Jubinville.

Vous êtes invité à communiquer le plus tôt possible avec l'auteure avant que cette dernière ne s'adresse à l'Europe.

Gérard était estomaqué. Moi, j'hésitais entre l'ahurissement et le rire. Je choisis le rire en sachant qu'au fond, tante Imelda essayait de faire la drôle. Elle avait inventé ce moyen pour surprendre la douzaine d'éditeurs à qui elle fit parvenir ce message.

Au bout d'une semaine, plusieurs réponses parvinrent à la maison des Mc Dermott. Deux seulement s'avérèrent encourageantes. Les Éditions de La Remue-Caboche et les Éditions de La Pierre Lisse étaient intéressées à lire BOUM! Tante Imelda se hâta donc de leur faire parvenir une photocopie chacune.

Un matin, alors qu'elle grignotait des rôties à la gelée d'acacia, tante Imelda reçut un appel. Une dame très gentille lui apprit qu'elle acceptait de publier BOUM! Elle s'appelait Néfertiti Tadioui.

De forte constitution, l'éditrice étalait un large sourire sur des dents très blanches. Ses yeux, maquillés comme ceux de la reine Cléopâtre dans les illustrations de mon livre d'histoire, sautaient de tante Imelda à Gérard, et de Yogourt à moi, sans se fatiguer. Mon chien agitait la queue en tous sens, car madame Tadioui avait déposé un plat de friandises sur son bureau en chêne. Des tonnes de papier et de dossiers témoignaient du travail énorme qu'elle devait effectuer.

— Beaucoup de livres à publier? s'enquit tante Imelda avec curiosité.

— Beaucoup de comptes à payer, surtout! répondit l'éditrice en souriant.

Après quelques salamalecs et des tas de discussions que je jugeai ennuyeuses, madame Tadioui présenta un contrat à tante Imelda qui fit mine d'en lire tous les petits articles. Puis elle signa. Nous nous mîmes à applaudir. Ma grand-tante était tout émoustillée.

— Ma chère madame Tadioui...

— Appelez-moi Néfertiti!

— Ma chère Néfertiti, je veux juste m'assurer que mon livre sera entouré de toute la publicité possible.

— Attendez! lança l'éditrice en composant illico un numéro de téléphone.

Avant même de répondre à ma tante, elle avait quelqu'un au bout du fil.

— Nicole, ma chérie, c'est Néfertiti. Est-ce que tu as payé la note de publicité dans *Le Quotidien*?

Après avoir obtenu la réponse à sa question, elle se tourna vers nous et cria avec enthousiasme :

— Ce sera fait, chère Imelda ! Toute la publicité nécessaire sera accordée à votre livre.

Tante Imelda, un peu amusée par cette drôle de « mamie » égyptienne, risqua une autre question :

— Votre correctrice respecte-t-elle le style de l'écrivain ?

En guise de réponse, Néfertiti Tadioui se précipita de nouveau sur l'appareil téléphonique comme si celui-ci eût été la prolongation de sa propre main.

— Guillemin, viens dans mon bureau tout de suite.

Au bout de deux longues minutes, la porte du bureau de madame Tadioui s'ouvrit enfin, faisant place à un petit homme barbu, la figure au passé composé, les sourcils en accents circonflexes et la joie de vivre entre parenthèses. Notre présence ne semblait pas lui faire tellement plaisir.

— Voici Guillemin Bourricot, le correcteur-réviseur des Éditions de La Pierre Lisse. Il est si tatillon que pas une vétille ne lui échappe ! Les points, les virgules, les anglicismes et les expressions indisciplinées, tous, il les traite sans indulgence.

Allez, Guillemin, dis bonjour à ces messieurs dames!

Le correcteur-réviseur s'inclina avec
respect devant nous. Il flatta même Yogourt qui lui lécha la main.

— Monsieur a écrit une œuvre remar-
quable, je suppose? murmura Bourricot
avec une certaine tendance à braire.

Tante Imelda se mit à bouillir, je le sen-
tais. Mais elle se retint d'exploser pour
cette fois.

— C'est moi l'auteure, monsieur Lamule, répliqua-t-elle, insultée.

— C'est Bourricot, pas Lamule. Elle est
bien bonne, s'esclaffa madame Tadioui.
Quoique la différence soit très subtile!

— Alors, je vous téléphonerai pour les
corrections, madame, conclut le correcteur-
réviseur en marmonnant dans sa barbe
échevelée et en quittant la pièce.

Tante Imelda se leva d'un seul bond.

— Vous voulez insinuer qu'il y a des
fautes dans BOUM! Mais mon orthographe
est excellente, vous saurez.

— Ne t'inquiète donc pas, Imelda.
Monsieur Bourricot ne va pas te le manger,
ton BOUM! Laisse les gens faire leur travail, nom d'une pipe! s'exclama Gérard

qui, jusque là, n'avait pas prononcé une parole.

Madame Tadioui regarda Gérard avec tendresse.

— Votre frère dit vrai, ma chère Imelda.

Tante Imelda faillit s'étouffer.

— Qu'est-ce qui vous faire croire que Gérard est mon frère, madame Tadinon ?

Madame Tadioui sentit qu'elle devait réparer cette bourde.

— Parce que vous avez tous les deux le même regard honnête. Vous vous ressemblez beaucoup, je trouve.

Gérard sourit.

— C'est un très beau compliment, ça, chère Néfertiti. Qui s'assemble se ressemble, dit le vieil adage.

Nous quittâmes le bureau de l'éditrice au bout d'une heure environ. Tante Imelda flottait sur un nuage, et Gérard et moi étions très fiers d'elle.

BOUM ! allait enfin être publié, mais ma vieille tante préférée ne savait pas encore à quel prix.

5

Mon cœur fait BOUM !

— Que fais-tu, ma vieille biquette?

— J'écris les invitations pour le lancement de mon livre, cher Gérard. Ne vois-tu donc pas que le carnet d'adresses est grand ouvert? Pourquoi écrirais-je à nos amis si ce n'était pour le lancement de BOUM!?

— Et toi, pourquoi es-tu si à pic, bateau des noms? s'inquiéta Gérard.

Tante Imelda réfléchit un bref moment, puis se précipita dans les bras de son vieux mari en sanglotant comme une trompette bouchée.

— Parce que... monsieur Bourricot m'a expédié mon manuscrit...

— À la bonne heure ! Pourquoi es-tu toute retournée, mon Imelda ?

— Parce qu'il est tout rouge, expliquai-je sans trop réfléchir.

— Qui est tout rouge ? demanda mon grand-oncle.

— Le manuscrit ! Il a vidé de son encre rouge sa petite plume Waterman ! Il a barbouillé en rouge partout, le tyran ! Le pirate ! Le malcommode ! Selon lui, je ne sais pas écrire ! Il a tout transformé ! Il n'a rien compris. Ce Bourricot, c'est un gratte-papier frustré, là ! Je ne vais pas accepter de publier chez cette Tadi-machin !

Tante Imelda pleurait de plus belle. Je savais, parce que ma grand-tante me l'avait tellement répété, que l'acte de créer était une véritable souffrance pour les artistes. Il fallait que je vienne en aide à tante Imelda, la pauvre.

— Venez, allons manger une frite à la mayonnaise chez Fritsos, lui proposai-je.

— Bouhouhou... tu me fais penser à mon voyage en Belgique, Ingrid, dit-elle en larmoyant davantage.

— Jouons une partie de Scrabble, ça va vous changer les idées !

— BOUHOUHOU... ce jeu dure trop longtemps et il donne mal à la cervelle, ajouta-t-elle.

Gérard était excédé. Il en avait assez d'entendre sa compagne se lamenter ainsi.

— Imelda ! Arrête tes enfantillages et prends le taureau par les cornes !

— Prends le bourricot par les oreilles, tu veux dire, Gérard ! répliqua ma grand-tante en s'esclaffant malgré ses yeux inondés.

Elle riait tant et si bien qu'elle se tenait les côtes. Gérard et moi savions que le rire faisait des miracles, même chez les vieilles toquées.

— Que ça fait du bien de rire comme ça, les enfants. Maintenant, Ingrid, si tu veux bien, tu vas m'aider à corriger ce mauvais livre. Tu réussis bien en français et tu connais par cœur toutes les règles de grammaire. J'attrape des jus de lime et nous y allons ! lança la grande écrivaine.

J'étais si heureuse de pouvoir aider ma grand-tante à corriger son manuscrit !

Nous nous installâmes dans la véranda où le soleil tentait désespérément de pénétrer entre les dizaines de corbeilles de géraniums suspendues. Tante Imelda disposa sur la table tous ses dictionnaires et livres de référence. Puis elle étala devant elle ses gommes à effacer, ses crayons et sa bouteille de correcteur liquide.

— On ne sait jamais. Peut-être que ce bon vieux Bourricot a parfois eu raison, me glissa-t-elle sans trop réfléchir.

Je me mis à lire l'avant-propos. L'auteure y expliquait pourquoi elle avait décidé d'écrire le récit de ses aventures. Mes yeux s'immobilisèrent tout à coup sur ces mots : «... pour ma petite-nièce Ingrid Joyal qui m'a permis, grâce à l'amour qu'elle me porte, de retrouver ma si belle enfance que j'avais crue perdue dans le fouillis de toutes ces années». J'étais très touchée par ses paroles à mon endroit. Je lui enserrai le bras et y posai le front quelques instants. Je savais d'ores et déjà que j'allais beaucoup aimer ce livre.

Nous rencontrâmes en effet de nombreuses notes en rouge et, chaque fois, ma tante et moi devions nous poser des questions.

— C'est quoi une assonance ? demandai-je.

— C'est une phrase qui sonne bizarre-
ment à cause de la répétition des mêmes
sons. Tu vois, j'ai écrit : « je me rendis à
Disamadou ». Il faut changer cela, Ingrid.
Écris plutôt : « je fis une halte dans la ville
de Disamadou ». Cela sonnera beaucoup
mieux. Il ne sera pas dit qu'Imelda de
Jubinville sera accusée d'assonance, là !

Je me mis à rire tout en prenant une
gorgée de limonade. Puis je continuai ma
lecture. Monsieur Bourricot avait noté
quelques fautes d'orthographe, avait indiqué quelques incohérences, remplacé certains mots par d'autres plus convenables
selon lui.

— Ah ! l'emplâtre ! La teigne ! Le ca-
fard des îles Mouk-Mouk !

— Qu'y a-t-il, enfin ? m'étonnai-je.

— Monsieur de La Biquette n'apprécie
pas mon humour ! J'ai écrit : « je conseillai à
Watchmi de s'occuper de sa ciboulette »,
ce correcteur à la gomme a indiqué : « l'ex-
pression correcte, c'est s'occuper de ses
oignons ». Quel fourbe ! Un auteur a le droit
à sa fantaisie, tu ne crois pas ?

J'acquiesçai. Je croyais, en effet, que les
auteurs avaient droit à leur style particulier
et que ce correcteur était bien téméraire
de s'attaquer ainsi à la reine de la fantaisie.

Telles de jeunes écolières, ma grand-tante et moi parcourions son texte en usant ses gommes à effacer, en réécrivant des bouts de phrases, en riant de certaines corrections proposées par monsieur Bourricot. Maintes fois, l'écrivaine prenait la mouche :

— Oh ! le scélérat ! Il ne comprend pas cette phrase ! Mais c'est une ellipse, triple anacoluthe !

— Et ici ? Pourquoi a-t-il mis un point d'interrogation ?

— Pour étaler son ignorance, c'est bien clair ! Espèce de gros pataquès !

— Ici... il a écrit *pléonasme*. Qu'est-ce que ça veut dire ?

Tante Imelda s'approcha de la feuille pour mieux y voir. Elle avait écrit : « de mes yeux, je l'ai observée pendant qu'elle se coiffait ».

— Ouais... bon... ce qu'il veut dire, c'est que l'on ne peut pas voir avec son nez... Efface « de mes yeux ». C'est trop évident !

— Là, il écrit : *anaphore agaçante* ! C'est quoi ?

— C'est la répétition d'un mot en début de phrase qui crée un effet bœuf ! Corneille en a abusé et pas un bourricot ne le lui a reproché. « **Mon bras** qu'avec res-

pect toute l'Espagne admire,/ **Mon bras** qui tant de fois a sauvé cet empire. » C'est dans *Le Cid*. Ah ! ces correcteurs incompréhensifs !

Il était tard, presque une heure du matin, lorsque ma tante et moi terminâmes les corrections de son manuscrit. Nous avions redressé toutes les comparaisons boiteuses, éliminé les barbarismes et clarifié les incohérences identifiées par monsieur Bourricot. Tante Imelda poussa alors un grand soupir de satisfaction.

— Je dois quand même avouer que ce vieux baudet est très fort ! J'ai trouvé cet exercice parfois douloureux, ma nièce, mais, grâce à toi, je suis passée au travers. Maintenant, *Boum* ! sera à la hauteur ! Prix Goncourt, attendez-moi, j'arrive !

Le mardi suivant, Gérard, tante Imelda, Yogourt et moi, nous nous rendîmes aux Éditions de La Pierre Lisse. Madame Tadioui était encore au téléphone. Elle disparaissait presque derrière une pile de documents, mais, dès qu'elle nous aperçut, elle nous accueillit avec un immense sourire.

— ... ma chérie, je dois te laisser, j'ai une visite très importante, glissa l'éditrice à son interlocutrice à l'autre bout du fil.

— Bonjour, ma chère Néfertiti. Je vous rapporte *Boum* ! Il est tout propre et tout corrigé. Il est prêt à affronter la critique. Je suis si... si..., balbutia tante Imelda.

— ... si heureuse ? suggéra Gérard.

— Non, si... si...

— ... si excitée ? proposai-je à mon tour.

— Pas du tout. Je suis si... si... sidérée de voir que j'avais autant de fautes, finit par dire l'écrivaine.

— Il ne faut pas vous en faire, lança madame Tadioui. Vous n'avez rien vu. Il y a des écrivains connus qui nous apportent des manuscrits très brouillons, vous savez. Nous embauchons des correcteurs-réviseurs pour corriger et réviser, non ? Guillemin est, certes, le meilleur qui existe. Il grogne sans cesse, mais il ne mord pas !

L'éditrice et ma grand-tante s'entendirent au sujet des entrevues à la radio, des apparitions à la télévision et des recensions dans les principaux quotidiens.

— Nous ferons tout pour que votre œuvre devienne un best-seller. Ou je ne m'appelle pas Néfertiti ! D'ici deux ou trois mois, vous aurez de mes nouvelles.

Tante Imelda faillit exploser.

— Deux ou trois mois, vous dites ? Mais j'ai le temps de mourir dix fois. Je suis une vieille dame, chère Néfertiti !

— C'est le temps que ça prend pour préparer votre livre. Il faut d'abord réécrire ce texte à l'ordinateur. Vous avez utilisé une machine à écrire qui provient du temps où Noé était scout, ma chère Imelda.

Ma grand-tante éclata de rire.

— Elle me vient de Myrtille Macaque, mon amie contorsionniste, qui me l'a offerte en 1956, je crois. Mais elle écrit à merveille !

— Ensuite nous devrons donner la disquette à un photocompositeur qui fera la mise en page et fournira la première épreuve. Puis tout corriger de nouveau.

— Encore ?

— Bien sûr. Nous ne serons jamais assez prudents. Les irréductibles de la langue française ne se nourrissent que des petites coquilles qui se sont glissées dans les livres, ne le saviez-vous pas ? Il ne faut pas leur donner la chance de vous écrabouiller à cause d'une métaphore boiteuse ou d'un « s » qui manque au pluriel. Nous réviserons donc *Boum* ! au moins trois fois.

— C'est très bien, intervint Gérard en tirant sur sa pipe éteinte.

— Nous avons travaillé très fort, expliquai-je à mon tour.

— Vous devrez aussi approuver l'illustration de la page couverture. Vous serez gentille de me téléphoner dès que vous l'aurez acceptée. Vous avez un télécopieur? Non, bien entendu, en 1956, les télécopieurs n'étaient pas encore inventés. La bonne vieille poste fera l'affaire en ce qui vous concerne, chère amie, soupira l'éditrice.

— Je déteste le modernisme. Je ne savais pas... que...

— Dormez tranquille! Vous aurez de mes nouvelles, ne craignez rien. Les bonnes relations entre notre maison d'édition et nos auteurs sont notre leitmotiv. À bientôt.

Nous nous levâmes tous les quatre et, transportés par le large sourire de Néfertiti Tadioui, nous quittâmes les Éditions de La Pierre Lisse, heureux et rassurés. Notre cœur faisait boum!

6

Les dents de Lamer !

Le jour tant attendu se pointa enfin. À notre arrivée aux Éditions de La Pierre Lisse, *Boum*! nous attendait bien en vue sur un petit lutrin, lui-même posé sur une crédence. Tante Imelda saisit son livre et le porta à son cœur avec un ravissement inégalé. Elle le bécotait, le berçait, le respirait.

— Il sent l'encre fraîche. Sentez !

Gérard et moi, nous nous dépêchâmes de le humer avec conviction même si nous avions surtout envie de rire.

— C'est vrai, on sent l'encre d'imprimerie. Il est beau, dis donc ! s'exclama Gérard.

— C'est tout ce que tu trouves à dire, vieil implacable ? Tu n'as pas de cœur ! Tu es jaloux de mon succès, c'est ça ?

Gérard, qui en avait connu de toutes les couleurs auprès de sa vieille compagne, n'était pas impressionné.

— Calme-toi, Imelda ! Ton succès reste à faire. Le livre vient tout juste de sortir. Ne t'emballe pas ainsi, tu n'es pas un cadeau d'anniversaire, que je sache !

Je me mis à rire. J'aimais toujours ces réponses farfelues à la Mc Dermott. Auprès de Gérard et de ma tante Imelda, j'apprenais qu'il n'y avait pas d'amour sans humour. J'allais m'en rappeler.

Le 3 novembre, la maison des Mc Dermott avait pris une allure de fête. Le grand escalier était enrubanné et, aux fenêtres, Gérard avait installé des lumières blanches qui clignotaient avec gaieté. Des serviteurs en livrée attendaient respectueusement les invités de ma tante qui venaient célébrer la parution de son livre.

Tous les animaux de la maison des Mc Dermott portaient une boucle de satin au cou. Fidel et Mao étaient perchés tout en haut de l'hibiscus géant qui ornait l'entrée du salon, et Victor et Sandrine, les salamandres roses à quatre orteils, étaient devenues cramoisies d'excitation. Marguerite, la tortue géographique, avait la carapace cirée et déambulait sur le tapis en fibres de coco. Quant à Yogourt, tante Imelda avait insisté pour qu'il portât une petite veste avec l'inscription BOUM !

Elle-même était resplendissante : elle étrennait une robe faite de laine d'alpaga sur laquelle étaient brodés de larges extraits de son livre et un chapeau qui allait marquer l'histoire de la chapellerie au Canada ! Elle y avait fait installer des bouteilles d'encre de toutes les couleurs, des plumes d'oie et de grosses fleurs fabriquées à même les pages du manuscrit de *Boum* !

Sur un plateau d'argent, des petits *Boum* ! miniatures en pâte d'amandes attendaient les invités au mémorable lancement de notre chère Imelda de Jubinville.

Sur une table, on avait déposé des douzaines de flûtes à champagne et des serviettes de table sur lesquelles était inscrit le titre du livre de ma tante en lettres calligraphiées.

— Suis-je assez convenable, ma chérie ? me demanda tante Imelda en replaçant son immense coiffure.

— Tout le monde se souviendra de ce lancement, c'est certain, lui répondis-je du tac au tac.

Les invités commencèrent à arriver. Il y avait peut-être là des ayatollahs, des émirs, des princes et des empereurs, mais, je retrouvai avec tant de plaisir nos amis de toujours : Myrtille Macaque vêtue d'une robe de mousseline mauve festonnée d'argent ; Ruello, en habit de satin blanc et Carlos, qui avait été notre guide dans l'archipel des Dragons Éteints*.

— Chère Imelda, nous sommes si heureux pour vous. Ah ! le beau livre. Que j'ai hâte de le lire ! Vous racontez si bien, s'exclama Myrtille Macaque.

— Mes hommages, chère madame Imelda, ajouta Ruello en baisant le bout

---

* Lire *Le rescapé de l'archipel des Dragons Éteints*, Éditions Pierre Tisseyre, 1998.

des doigts de l'écrivaine qui semblait léviter au-dessus de nos têtes.

Arrivèrent le poète Titou Lamarmotte qui avait l'impression d'être à la source de toute l'inspiration de tante Imelda, mes parents et une vague cousine. Suivait grand-mère Thérèse qui se gonflait d'orgueil.

— C'est grâce à moi si ma sœur est devenue écrivaine. Je lui ai si souvent conseillé d'écrire toutes ses aventures, mentit ma grand-mère.

Le dernier arrivé fut le vétérinaire Don Salesse. Il offrit à sa meilleure cliente une brassée de fleurs exotiques qu'elle s'empressa de humer avec exagération.

— Mon cher docteur Salesse. Grâce à vous, je suis guérie! s'écria ma grand-tante devant ses invités qui se mirent à rire. Non! ne riez pas! Le docteur Salesse m'a dit qu'on ne peut prévenir la vieillesse que si l'on a des projets. Grâce à son insistance, j'en ai trouvé un. Et me voici tout émue devant vous!

L'assemblée se mit à applaudir. Puis il y eut les présentations, les discours d'usage, et la lecture de quelques extraits choisis de *Boum*! Madame Tadioui et Guillemin Bourricot resplendissaient de bonheur tellement ils étaient fiers de leur nouvelle auteure.

Vers vingt et une heures, tante Imelda reçut un télégramme tout à fait inattendu. Gérard s'empressa de l'ouvrir et se mit à le lire avec, je dois le dire, un peu de malice dans les yeux :

Chère Imelda. Suis retenue à Amsterdam pour rôle important. Te félicite chaudement pour ton livre Bang! (il émit un petit rire nerveux). *Bisous à* (il hésita quelques secondes) *ce cher Gérard. Espère que tu parles de moi. Au plaisir de t'offrir mes impressions.*

Aline de la Longue Aiguille.

Tous les invités, ou à peu près, connaissaient la baronne de la Longue Aiguille et ils apprécièrent le contenu de ce message. Moi, je savais que dans l'œil de ma grand-tante sommeillait un énorme sentiment de jalousie. Mais elle fit mine d'être ravie.

— Ah ! cette chère baronne ! Toujours le mot pour réjouir ! Dommage qu'elle n'aie pas pu se joindre à nous, n'est-ce pas ? s'écria-t-elle pour le cercle de ses invités. J'aurais pu lui faire sauter son *Bang!* à la figure. A-t-on idée de se tromper ainsi au sujet du titre d'une œuvre aussi magistrale ! Je suis sûre qu'elle l'a fait exprès, la vieille chipie envieuse ! maugréa-t-elle pour Gérard et moi.

La soirée se termina parmi les félicitations et les éclats de rire. Lorsque les invités regagnèrent qui son hôtel, qui sa demeure, nous restâmes seuls avec la famille, fourbus mais heureux. Grand-mère Thérèse saisit cette occasion pour déclarer son affection à tante Imelda :

— Ma petite sœur, je savais que tu étais une grande âme. Je t'aime beaucoup tu sais. Mais, ici, à la page 16, je lis que tu as gagné le premier prix de la classe de chant de mademoiselle Crapault. Mais c'est moi qui l'ai eu, Imelda. Souviens-toi, tu avais voulu me le voler et...

— Je t'aime beaucoup, moi aussi, interrompit la fautive en lui appliquant une grosse bise sur la joue. Thérèse, n'oublie pas la magie de l'imagination ! C'est la seule liberté de l'écrivain.

Le surlendemain, Gérard ouvrit le journal et se mit à hurler :

— Imelda ! On parle de toi ! On parle de *Boum* ! dans le cahier littéraire.

Ma grand-tante faillit se casser la figure en dévalant l'escalier, la chevelure en

broussaille et les bas roulés sur les che-
villes. Je suivais derrière, nerveuse comme
s'il s'agissait de mon propre livre.

— Attends, Gérard. Je vais m'asseoir.
Tu commenceras à lire lorsque je me serai
calmée.

— Vous voulez votre tisane à l'eucalyptus ? lui proposai-je.

— Tu es très bonne pour moi, ma
chère Ingrid, mais je viens d'en boire toute
une tisanière. L'eucalyptus va finir par me
rendre aussi inactive qu'un koala, si j'en
abuse.

— Ce n'est pas demain la veille ! grom-
mela Gérard en secouant le journal.

Tante Imelda saisit Yogourt et s'en-
fonça le nez dans sa fourrure en le serrant
très fort. Elle regarda au plafond, puis prit
une grande inspiration avant de déclarer :

— Je suis prête. Haro sur l'écrivaine !

Gérard ajusta ses lunettes, puis se mit
à lire en articulant comme Bernard De-
rome. Monsieur Tristan Lamer était un critique fort respecté et il avait la réputation
de posséder une opinion inébranlable.
Heureusement, il avait apprécié *Boum* ! Il
parlait de sensibilité et d'une habileté
dans l'écriture. Mais il disait se méfier « *de*

ces vieilles dames qui prennent leurs rêves pour des réalités et qui n'ont peut-être pas la mémoire rigoureusement fidèle. Il y a une limite à l'excentricité!» concluait le journaliste.

— Je vais lui en faire moi, de l'excentricité! Je vais lui enfoncer son journal dans le gorgoton!

— Mais il a aimé, ma chérie. Il a aimé, il l'a dit, la rassura Gérard.

— Et que dit Martin Régimbald dans *Le Quotidien*? osai-je demander afin de détendre un peu l'atmosphère.

Gérard se hâta de trouver *Le Quotidien* dans le fouillis des revues et des journaux qui jonchaient le guéridon. Dans le cahier *Livres*, il finit par mettre la main sur une toute petite recension de *Boum*! juste au-dessous d'un long article sur la biographie de Céline Dion.

— Ça a encore la goutte de lait au museau que ça possède déjà sa biographie! Et ça occupe les trois quarts du cahier! C'est ahurissant! lança ma vieille tante.

— Au moins, il a parlé de ton livre. C'est mieux que pas du tout! Écoute, je vais te le lire.

— Je vais le lire moi-même, si tu permets, dit l'écrivaine en arrachant le journal des mains de son mari.

À mesure qu'elle lisait, les yeux de ma grand-tante bondissaient d'une ligne à l'autre comme lorsque l'on observe un match de tennis. Son sourire devenait de plus en plus large. Elle porta enfin la main à son cœur.

— Gérââârd! Ingrîîîd! Mes amôôôurs! Écoutez ça: «*Quelle sensibilité, quelle justesse dans le ton! Et quel plaisir j'ai éprouvé en lisant cette merveilleuse première œuvre! Ce qui m'a étonné, c'est que, grâce à cette vieille dame, je me suis retrouvé en plein cœur de ma petite enfance. Nous avons là le plus beau livre de littérature pour la jeunesse jamais publié. Les enfants vont être enfin comblés.*» Je n'en reviens pas. Comme il est gentil, ce monsieur Régimbald. Et quel jugement il a!

— Mais tu n'as pas écrit *Boum*! pour les enfants, voyons, ma biquette. Il n'a rien compris, le monsieur! s'écria Gérard.

— Détrompe-toi, mon vieux fumeur-de-pipe-aux-chips-barbecue! La plus grande qualité d'un livre, c'est d'être écrit pour les enfants et de toucher aussi les adultes. Pense au *Petit Prince*! Ce Régimbald est un génie!

Puis elle sauta dans les bras de son Gérard qui, se retrouvant en bas de son

siège, les quatre fers en l'air, s'exclama
BOUM !

Nous riions encore tous les trois lorsque mon père vint me chercher pour me
ramener à la maison.

— On ne peut pas passer sa vie à avoir
du plaisir, mademoiselle-la-gadelle ! nous
jeta-t-il avant de s'esclaffer à son tour.

7

Le Salon
du livre

Pas un instant son éditrice n'avait douté du succès de *Boum!* Madame Tadioui téléphonait à tante Imelda chaque jour pour l'informer des succès que connaissait son livre. Toute la famille avait lu *Boum!* avec une avidité compréhensible puisque chacun voulait connaître en quels termes élogieux tante

Imelda avait parlé de sa personne. Elle avait encensé ceux qu'elle aimait; elle avait égratigné au passage les gens qui l'avaient ennuyée. La baronne de la Longue Aiguille, rebaptisée de la Grande Épée pour lui conserver son anonymat, apparaissait comme une «*pimbêche empoisonneuse qui m'avait toujours enviée depuis notre première rencontre*». Somme toute, le récit des célèbres aventures de tante Imelda avaient l'heur de plaire à tous. *Boum*! tint la première place au palmarès des best-sellers québécois durant plusieurs semaines.

— Aujourd'hui, je suis attendue au Salon du livre. C'est la journée des enfants. Tu m'accompagneras, ma chère Ingrid. Et emmène Ya-ourt! Les auteurs excentriques qui traînent leur petit bichon sont toujours très remarqués, tu sais, me raconta ma tante au téléphone.

Dès dix heures, un taxi attendait devant la porte des Mc Dermott. Gérard et moi avions donné son bain à Yogourt. Il avait la fourrure immaculée et je lui avais mis un ruban vert autour du cou. Dès qu'il aperçut tante Imelda sortir de sa chambre dans sa robe d'alpaga (la même qu'elle portait le soir du lancement), il devint très excité, certain d'obtenir un petit biscuit.

Nous arrivâmes enfin au Salon du livre. Des centaines de kiosques éclairés par de nombreux réflecteurs représentaient les différentes maisons d'édition, tous plus colorés les uns que les autres. Il y avait des livres partout. Et des personnes enthousiastes qui s'affairaient. Et des auteurs qui, assis derrière de petites tables, distribuaient des signatures et des sourires. Une véritable atmosphère de fête foraine !

— Je vois La Pierre Lisse ! C'est de ce côté ! s'écria Gérard en tirant sa dulcinée.

— Je vois un gros BOUM ! en lettres rouges, c'est par là, suivez-moi ! hurla tante Imelda à son tour.

— Nous y sommes ! m'égosillai-je, aussi énervée que si c'eût été mon livre.

— Oh !

— Wow !

— Extraordinaire !

— Sensass...

Madame Tadioui s'était surpassée. Complice de Gérard, elle avait fait suspendre un petit avion rouge sur lequel était écrit : **Boum ! une explosion de plaisir !** et d'où sortaient des centaines d'exemplaires du livre de ma grand-tante. Il y avait des ballons, une fanfare et des fontaines de jus de fruits. Les enfants receivaient des signets lumineux en même temps que la signature de l'auteure. Les adultes, eux, repartaient avec leur sourire d'enfant, après avoir parcouru quelques pages seulement du livre. Les caméras de la télévision ne manquaient pas une seconde de cet événement. Les journalistes se voyaient offrir un livre et un ballon. L'atmosphère était à la fête. Tante Imelda exultait. Elle était aussi entourée qu'une asperge en pâte et savourait sa réussite avec stoïcisme.

La responsable du Salon, madame Boisseau, invita ma grand-tante à participer à l'événement le plus attendu : « Je ronfle au Salon ». Une trentaine d'enfants passaient la nuit au Salon du livre après le départ de tous les visiteurs. Une soirée mémorable, il va sans dire. On y entendait des histoires, on participait à des jeux, on y gagnait des livres. J'étais invitée aussi. J'avais hâte à vingt-deux heures. La fête allait véritablement commencer pour les enfants.

Lorsque le silence enveloppa le Salon du livre et que même les éditeurs étaient partis chez eux refaire leurs forces, nous accueillîmes Le Camelot : un jeune homme dynamique qui connaissait les enfants et savait leur faire plaisir. Il portait une veste de cuir noir sur laquelle il y avait des mots inscrits en rouge. Ses cheveux taillés à la punk et ses yeux constamment étonnés, séparés par un nez en forme d'éperon, lui conféraient un air très sympathique.

— Nous sommes des veilleurs de livres. On raconte que les personnages des histoires hantent le Salon durant la nuit. Nous pourrons donc les rencontrer, nous déclara-t-il avec une pointe de mystère dans la voix.

Une petite fille, qui se prénommait Émilie, se cacha la figure derrière son oreiller.

— Mais non, Émilie ! Les personnages des histoires sont toujours gentils la nuit. Parce que, si nous le voulions, tous ensemble, nous pourrions les faire disparaître. Alors, ils doivent demeurer sympathiques. Ici, ce sont les lecteurs et les lectrices qui sont les rois et les reines.

Puis nous sommes partis visiter le royaume des livres avec Le Camelot. Nous y avons rencontré Maïna et Alexis ; Arianne et la sorcière Saugrenue ; le Conquistador et Roberval Kid. Nous y avons connu des pays inventés, des aventures rocambolesques et des enfants à la recherche de tant d'amour. Nous avons bu des jus de fruits en compagnie d'une drôle de bibliothécaire, d'un étrange professeur appelé Marcel et de parents fous. Nous avons fait des châteaux de sable aux Îles-de-la-Madeleine, cherché le père de Marélie et enquêté à la suite de la découverte d'un cadavre de classe. Tout ça, dans les livres, évidemment !

Tante Imelda s'amusait autant que les enfants. Elle riait en croquant des carottes et nous racontait des bribes de son enfance, extraites de *Boum* !, bien entendu.

Vers vingt-trois heures, Le Camelot nous invita à nous installer pour la nuit.

— Dès que vous aurez fermé les yeux, les personnages des histoires viendront hanter le Salon.

— Et vous tirer les orteils, si vous ne dormez pas, ajouta tante Imelda.

— Demain matin, je vous promets une grande surprise. Bon dodo ! murmura Le Camelot avant de se glisser dans son sac de couchage.

Après nous avoir fait rire encore jusqu'à minuit environ, Le Camelot émit un grand CHUT ! et le silence s'installa dans le Salon du livre. Un silence qui ne se faisait pas tellement rassurant, dois-je avouer.

8

Une étrange disparition

Tante Imelda n'arrivait pas à dormir. Pour une vieille dame comme elle, le sol était un peu dur et le sommeil tardait à venir. Je ne dormais pas non plus. On pouvait cependant entendre Gérard ronfler comme une chaudière. Parfois, un des enfants parlait dans son sommeil : il venait probablement de rencontrer un des personnages tant espérés.

Soudain, on entendit hurler une chouette que je connaissais bien : c'était tante Imelda qui, s'étant éloignée de notre campement, venait d'apercevoir sans doute une atrocité. Il fallait que ce soit très grave pour qu'elle réveille ainsi toute une ribambelle d'enfants au beau milieu de la nuit. Le Camelot se précipita vers le lieu des hurlements. Gérard, comme un hamster encore endormi, les rejoignit, craignant que sa vieille épouse ne fût secouée par une crise cardiaque. J'y courus aussitôt, suivie de quelques enfants qui s'étaient réveillés.

Ma vieille tante était assise par terre devant le kiosque des Éditions de La Pierre Lisse. Elle sanglotait maintenant comme une fillette éplorée. Ses grands yeux, comme deux œufs au miroir, réclamaient de la pitié. Jamais je ne l'avais vue aussi déconfite, même lorsqu'elle s'était fait voler sa collection de croustilles italiennes*.

Nulle tisane à l'eucalyptus ou à la fleur d'oranger ne serait venue à bout de sa détresse. Gérard s'approcha de son vieil amour et lui prit la main doucement, craignant qu'elle n'explosât comme une gre-

---

* Lire *Les terrifiantes croustilles de tante Imelda*, Éditions HRW, 1995.

nade. On ne pouvait jamais savoir avec ma tante. Elle était tellement imprévisible.

— Imelda, qu'as-tu ma dulcinée ?

— ...

— Imelda, pour l'amour du ciel, réponds-moi ! As-tu mal quelque part ?

Tante Imelda se tenait la poitrine à deux mains.

— Est-ce votre cœur ? questionna Le Camelot. Je vais appeler Urgences-Santé tout de suite ! fit-il en se levant d'un bond.

— NON !

— Ah ! elle a parlé, lançai-je rassurée.

— Je ne suis pas malade. Êtes-vous tous de vieilles taupes ? cria-t-elle inopinément.

— Que veux-tu dire, mon Imelda ?

— Êtes-vous tous devenus aveugles ? Vous ne voyez pas qu'il ne reste plus un seul... un seul... BOUM !

Nous levâmes tous les yeux. Dans le petit avion rouge qui, hier soir débordait de livres, c'était le vide total. Sur les tablettes du kiosque des Éditions de La Pierre Lisse, plus un seul exemplaire. Sous la table, dans les boîtes, plus rien !

— Incroyable !

— INIMAGINABLE !

— C'est un effroyable coup du destin !

— C'est une vilaine farce !

— Je vais m'évanouir, glissa l'auteure dépossédée, à bout de forces. Comment est-ce possible ? Je n'ai pas fermé l'œil.

— Moi, je trouve ça plutôt... plutôt..., débuta Gérard.

Tante Imela, qui redoutait depuis quelque temps les phrases malheureuses de son mari, se gonfla de colère.

— ... plutôt quoi, vieux rat de bibliothèque empaillé ? cria tante Imelda sans trop réfléchir.

— ... plutôt... flatteur, non ?

— Mais c'est vrai... on ne subtilise que les œuvres de renom, non ?

Le Camelot la trouva bien bonne. Il se mit à rire comme un dingue.

— Le voleur est un homme de goût, pas vrai ? Il va revendre vos BOUM ! sur le marché noir... Ha ! ha ! Chose certaine, il...il n'a pas eu besoin d'explosifs pour... perpétrer son vol... ha ! ha !

Le Camelot, Gérard et tante Imelda se roulaient par terre. Ils entraînèrent ainsi tous les enfants et, bientôt, tout ce beau monde se tenait les côtes.

Cela ne dura que quelques minutes.

Tante Imelda se leva sans même vaciller. Elle ne trouvait plus ça drôle.

— Bon! les enfants, il faut partir à la recherche de mes bouquins. Demain, lorsque le Salon ouvrira ses portes, ils doivent avoir retrouvé leur place dans le kiosque. J'offre un voyage à Magaloubinougo à toute personne qui mettra la main dessus! À l'abordage!

Tous les enfants applaudirent et se dispersèrent aux quatre coins de la salle d'exposition.

— Madame de Jubinville, je vais téléphoner à mon oncle Still Hystic. C'est un détective à la retraite. Il est très perspicace. Je suis certain qu'il pourrait nous aider, proposa Le Camelot avec gentillesse.

— Faites donc! Nous ne serons jamais assez d'enquêteurs. Ce vol qualifié doit être le geste d'un jaloux, d'un pataphysicien en mal de génie! dit tante Imelda en sautillant sur les fleurs du tapis.

Une heure plus tard, un homme pansu et barbu fit irruption au Salon du livre, suivant à petites enjambées son neveu, Le Camelot. Il devait sortir d'un conte fantastique avec sa redingote rouge vif et son gibus en poil de chèvre haut perché sur la tête. Un drôle de numéro que ce Still Hystic! Mes amis et moi avions du mal à nous retenir de rire. Même Gérard lançait en sourdine quelques moqueries aux enfants qui l'entouraient. Tante Imelda, comme à son habitude, s'éprit de cet olibrius comme elle le faisait de toutes les personnes bizarres qu'elle a toujours adorées.

— Mon cher Hystic! Il faut que vous m'aidiez à trouver ces centaines de livres perdus.

— Le titre? demanda Still Hystic.

— *Boum*!

— Je ne veux pas savoir l'effet que ça vous a fait. Je veux le titre!

— Mais c'est BOUM! C'est clair?

— C'est CLAIR ou c'est BOUM? Il faut être précise, madame l'écrivaine, se fâcha le détective en agitant ses énormes sourcils.

— Quel être perspicace! marmonna Gérard pour qu'on l'entendit de notre côté.

Monsieur Hystic finit par noter le titre sur un petit calepin écorné. Il dressa, en quelques lignes au crayon, le plan du kiosque de La Pierre Lisse, puis nota les noms des éditeurs qui se situaient aux alentours.

— Qui aurait intérêt à voler vos livres ? questionna-t-il.

— Mais tout le monde, vous saurez cher monsieur Style Hystéric ! *Boum* ! est un énorme succès de librairie.

— Vous n'avez pas d'ennemis ?

— Aucun, je vous l'assure, m'empressai-je de témoigner.

Le détective m'observa avec insistance.

— Je vois, je vois..., ajouta-t-il, perplexe.

Le Camelot s'approcha avec déférence. Il aimait bien ce vieil oncle qui avait, dans sa jeunesse, résoulu les plus grands crimes de la planète.

— Mon oncle Still, vous ne croyez pas que l'on pourrait constituer des équipes et fouiller littéralement chaque kiosque. Peut-être trouverait-on un indice, si petit soit-il.

— Quel neveu quand même ! Tu as une bonne idée. Placez-vous tous en groupes de quatre, s'écria le vieux détective à notre intention.

Nous étions trente-deux. Nous avons formé huit équipes. La mienne était constituée de tante Imelda, du Camelot, de la petite Émilie et de moi-même. Nous allâmes dans la direction sud-est du Salon, près du restaurant. Nous scrutâmes chaque recoin, fouinant sous chaque table, trifouillant dans chaque poubelle et dans chacune des armoires. Nous étions à la recherche d'un indice qui nous eût permis de trouver le voleur de BOUM!

Puis, revenus près des premiers kiosques, nous entrâmes dans celui des Éditions du Grand Escabeau, celui des Insouhaitables, et celui des Éditions du Chaton Baveur.

— Que de beaux livres! Regarde les magnifiques illustrations! me lança Émilie. Je vais demander celui-ci pour mon anniversaire.

— Vous savez, mes chéries, qu'un livre, c'est votre plus grande liberté. Lorsque vous lisez, vous êtes seules avec votre propre imaginaire. Rien ne peut vous transporter aussi loin. Rien ne peut vous faire autant rêver. Ah! les livres, glissa tante Imelda en oubliant que les siens avaient disparu.

— Vous avez raison, ma chère Imelda. Je passe ma vie à faire lire les enfants, admit Le Camelot.

— À condition que les bouquins soient encore sur les tablettes! déclara-t-elle en revenant à la triste réalité.

Soudain, nous entendîmes un grand rire de satisfaction. Tante Imelda avait trouvé quelque chose.

— Un bout de cornichon à l'aneth ! Ingrid, ça ne te dit pas quelque chose ? Cet aliment a-t-il échappé à ton œil de lynx ? me dit ma grand-tante, tout excitée. Attends-moi, je reviens.

Je me mis à réfléchir. Qu'est-ce qu'un morceau de cornichon à l'aneth pouvait bien faire sous cette table ? Qui pourrait bien avoir eu le culot de grignoter des cornichons dans un Salon du livre. Un bien étrange individu dont, vraisemblablement, je ne me rappelais plus l'existence.

Tante Imelda revint au bout de quelques minutes, respirant comme une pompe à bicyclette.

— J'avais raison !

— Pourquoi donc, ma tante ?

— Le restaurant ne sert pas de cornichons à l'aneth.

— Ah bon ?

— Où sont les deux autres ?

— Dans le kiosque des Éditions Hubert Salière. Ils doivent être en train de rire, ses livres sont si drôles.

— Ce n'est pas le moment de s'amuser. Allons les retrouver.

En effet, Le Camelot et Émilie étaient assis par terre. Ils tenaient un livre et, lisant chacun un extrait, se bidonnaient à qui mieux mieux.

— Ça suffit, les folies! J'ai trouvé le cornichon! s'écria l'écrivaine.

— Le cornichon qui a volé vos livres? demandèrent Émilie et Le Camelot en duo.

— En effet! Le gros cornichon de la marque Allen! Suivez-moi! ordonna ma tante.

9

Un sacré cornichon !

Nous nous rendîmes au kiosque des Éditions Stanley Allen. Je ne comprenais pas encore pourquoi tante Imelda marchait d'un pas aussi décidé. Nous devions arpenter les allées étroites et bien observer le nom des rues : Émile Nelligan, Gabrielle Roy, Anne Hébert. Le kiosque que nous cherchions portait le numéro 64. Tante Imelda examina le plan du Salon du livre. Elle prit une rue transversale. Je la perdis de vue.

Puis, au bout de quelques minutes, je l'entendis gémir.

— Malédiction! Ah! je vais mourir! C'est incroyable! Faire ça à une vieille dame! C'est la Troisième Guerre mondiale! Allez me chercher mon vieux loup! GÉRÂÂÂRD!

J'accourus. Ma tante était knock-out! Complètement immobilisée comme une voiture de formule 1 hors de la piste. Je me hâtai d'aller quérir mon grand-oncle. Je le trouvai avec son équipe en train de regarder un dessin animé de Caillou, les fesses posées sur des petits blocs de bois rouge et jaune. Lui et ses acolytes avaient les yeux pétillants devant le petit bonhomme chauve.

— Je ne vous dérange pas? laissai-je tomber avec sévérité.

— Oh! ma petite Ingrid. Vous... vous avez trouvé les livres de ma chère Imelda? Que c'est gentil!

— Tante Imelda est dans les pommes! Elle vous réclame, oncle Gérard. Vite!

Au pas de course, tout le monde me suivit jusqu'à l'endroit où se trouvait mon inestimable grand-tante qui reprenait tous ses sens. Lorsqu'elle aperçut son Gérard, elle se fit toute petite et toute mielleuse.

— Tu es là, mon petit Gérardoux-à-sa-mémé... Si tu savais ce qui m'arrive.

— Quoi donc, ma dulcinée ? demanda-t-il sans s'étonner, lui qui était habitué à tant d'exagération.

— Quelqu'un...

— Qui donc ?

— Une... une...

— Laquelle ?

— Une écrivaine sans gêne ! Une plumitive désincarnée ! Une écrivassière des grands chemins ! Une plagiaire, une contrefactrice, une...

Mon oncle ne savait plus que lui répondre. Nous nous mîmes à regarder partout.

— Là... là, sur les tablettes : *Le Mal mystérieux de la salamandre à quatre orteils*, *Le congrès mondial des gens bizarres* ! *La baronne de la Longue Aiguille* ! Ces titres ne vous disent rien ? Cette salamandre, c'est mon Victor. Ce congrès est mon congrès, et cette baronne...

— ... est ma baronne ? glissa Gérard sans réfléchir, une fois de plus.

— GÉRARD ! Aline de la Longue Aiguille n'est pas TA baronne ! Tu veux que je divorce, c'est ça ?

— Mais non, calme-toi.

— Je suis calme. C'est toi qui t'énerves !

Gérard souleva les titres énumérés par son épouse. Il en lut la couverture quatre et quelques pages à l'intérieur.

— Oh !

— Quoi donc ?

— OH ! OH !

— Mais, parlez à la fin, lui cria Le Camelot à bout de patience.

— ... *Je ne m'inquiète aucunement pour toi, ma chère Imelda. Avec le numéro que tu vas présenter, c'est certain que tu vas être consacrée la reine des bizarres ! lance Gérard.* Mais... mais Gérard, c'est moi !

— Tu vois, mon nounours, cette auteure parle de nous.

— *Elle est si jalouse de la baronne de La Longue Aiguille que tante Imelda devient rouge comme une pivoine.* Ha, ha ! Elle est bien bonne celle-là ! Comment s'appelle cette auteure ?

— Francine Allard ! Quel toupet ! Elle a raconté mes aventures avant même que j'aie eu le temps de les écrire moi-même !

Tante Imelda se leva, épousseta ses jupes et se figea dans un garde-à-vous mémorable.

— Je vais lui en faire, moi, d'écrire MES aventures !

— À votre place, madame de Jubinville, moi j'y songerais avant de faire quoi
que ce soit. Cette auteure, c'est un bouquet d'explosifs ! Et après tout, elle vous a
fait connaître à des milliers d'enfants.

— À présent, mon livre BOUM ! ne sert
plus à grand-chose... si cette Fanfreluche-
petit-lard a écrit mes voyages à ma place.
Voyez ici, elle parle de Marguerite, ma tortue géographique, et ici, elle parle de Sau-
cesalsa, le petit dragon de la Terre de Feu...
et elle dépeint mes écarts de caractère !
Non, ça ne se passera pas comme ça. Pas
question. Gérard, téléphone tout de suite
à maître De la Paillette. Il saura quoi faire.

— Imelda, ça ne nous dit pas où sont
passés tes livres, ça !

— Tu as raison, il faut d'abord résoudre cette énigme, se ravisa ma grand-
tante en ouvrant la marche.

Nous fîmes tous ensemble le tour du
Salon du livre comme une formation mili-
taire. Rapidement, nous fûmes devant les
Éditions Stanley Allen. Sous les tables
recouvertes de jolies nappes rouges, nous
aperçumes des dizaines de boîtes. Je décidai d'en ouvrir une. Elle contenait quelques photos, des signets, des élastiques
et un gros pot...

— ... de cornichons à l'aneth !

— C'est donc lui, le gredin ! Le renégat ! L'horrible pataquès ! Le mangeur de concombres marinés !

Gérard et Still Hystic se hâtèrent d'ouvrir les autres boîtes. Pas l'ombre d'un BOUM !

— Tu vois ? Ce n'est pas Stanley Allen, le voleur de livres !

— Mais alors, pourquoi avoir laissé des pièces à conviction aussi incriminantes ? demandai-je.

Tout le monde se mit à réfléchir.

— Pour brouiller les pistes ! s'écria le détective Hystic, en brisant le silence.

— Ce n'est pas si bête après tout. Stanley Allen a la réputation d'avoir plus d'un tour dans son sac. Il a probablement emporté tes livres avec lui, proposa Gérard.

— Pour en faire quoi ? questionna la petite Émilie. Il n'avait qu'à en acheter un ou à en demander un pour son anniversaire.

— Ce n'est pas possible, ça. Je l'aurais vu. Je n'ai pas fermé l'œil de la nuit. On ne disparaît pas avec trois cents exemplaires d'un best-seller, quel qu'il soit, sans que personne ne puisse s'en apercevoir. Vous divaguez, tous! Il y a autre chose, j'en suis certaine. Je suis habituée à ces arnaqueurs, n'est-ce pas, mon Gérard? Rappelle-toi Johnny Walker qui s'était caché derrière sa caméra pour nous jouer un tour*.

Gérard acquiesça, puis se mit à rire.

— Alors, appelons-le! Appelons Stanley Allen. Il ne doit pas être loin!

Tous les enfants, appuyés par Le Camelot et Still Hystic, se mirent à scander:

— Stanley! Stanley Allen!

— Ouvrez-lui son pot de cornichons, il va accourir! émit Gérard en riant de sa blague.

Au bout de quelques minutes à peine, une grosse voix se fit entendre:

— Que je suis heureux! Je voulais que les enfants qui participent à l'activité «Je ronfle au salon» puissent visiter cet endroit de fond en comble. J'ai réussi! Madame Boisseau, la directrice de cette exposition sera ravie que mon projet ait été un succès.

— Nous en sommes bien conscients, souligna tante Imelda. Pour l'avoir visité, nous l'avons visité!

---

* Lire *La baronne de la Longue Aiguille*, Éditions Pierre Tisseyre, 1997.

— Nous avons même visité les cabinets de toilette, s'écria un garçon de la classe de troisième année.

— Et pour vous récompenser, voici ce que j'ai pour vous.

Stanley Allen avait préparé pour tous les enfants, des piles de livres et des affiches, des paniers de friandises et des coupons-rabais pour aller manger chez MacDo. Nous étions tous très contents.

Tante Imelda nous regardait nous extasier devant les finesses de l'éditeur, mais, dans son regard, il y avait encore de l'inquiétude.

— Les voici, vos BOUM ! Nous les rapporterons dans le kiosque des Éditions de La Pierre Lisse. Cette Tadioui est une connaissance. Elle ne va pas se froisser de mon geste, j'en suis certain.

Tante Imelda avait la mine triste.

— C'est inutile, monsieur Allen. Mes livres ne serviront plus à rien maintenant. Une rastaquouère en mal de publicité a déjà écrit toutes mes aventures sans jamais me demander la permission.

— Mais il y a bien eu cinq auteurs pour écrire la biographie de Céline Dion, objecta-t-il.

— Cette Francine Allard a-t-elle seulement été médisante à votre endroit ? demanda Still Hystic.

— Ce que j'ai lu me paraît très correct. Même que, souvent, elle parle de moi avec beaucoup de gentillesse.

— A-t-elle été cruellement calomnieuse ? questionna à son tour Le Camelot.

— Je ne le pense pas, avoua l'héroïne du jour.

— Allons, ne vous en faites donc pas, ma chère Imelda. Vous allez connaître la gloire avec cette histoire.

Justement, Gérard arriva avec une bonne nouvelle.

— J'ai rejoint maître de La Paillette. C'est un très bon avocat spécialisé dans le droit d'auteur. J'ai connu ce cher Edouard lorsqu'il était petiot. En fait, j'ai plus particulièrement connu sa mère, Éléonore. Une jolie brunette qui...

— On se fout de cette Éléonore-machin ! se moqua tante Imelda-la-jalouse. Dis-nous plutôt ce que t'a répondu l'avocat.

— Il sera ici à dix heures pile ! Nous le rencontrerons au restaurant là-haut.

Madame Lavigne, l'enseignante de la cinquième année, s'excusa auprès de nous.

— Il est huit heures trente. Les enfants commencent à avoir faim. Nous aurons juste le temps de prendre notre petit déjeuner avant l'ouverture du Salon. Puis nous reprendrons l'autobus. Merci à tous. Vous avez été si gentils. Et cette chasse au trésor, ce fut époustouflant ! Mes élèves ne vont jamais oublier semblable aventure, c'est certain !

Les enfants quittèrent la salle d'exposition pour aller se restaurer. Ils semblaient si heureux, les bras remplis de cadeaux et un sourire radieux imprimé sur la figure.

— Allons-y avec eux. Je prendrais bien une gauffre aux myrtilles... mais pas de cornichon à l'aneth, si vous permettez, conclut tante Imelda.

10

Une étrange poursuite

Une première mondiale !
Du jamais vu dans le monde de l'édition ! Un personnage de roman pour la jeunesse poursuit son auteur, titrait le journal Le Quotidien sous la plume du journaliste Martin Régimbald.

Le téléphone n'arrêtait pas de sonner chez les Mc Dermott. Toute la gente journalistique voulait parler aux plus célèbres personnages de la littérature consacrée à la jeunesse. Monsieur Allen avait eu raison : nous étions devenus très populaires grâce à cette cause qui opposait l'auteure Francine Allard et Imelda de Jubinville, l'héroïne de ses livres.

Maître de La Paillette avait bien étudié son dossier. Même s'il ne paraissait pas convaincu de gagner cette cause, il avait décidé d'y aller à fond de train pour défendre ma vieille tante à qui on ne pouvait rien refuser.

Quant à moi, j'étais perplexe. Je voyais plutôt d'un bon œil qu'une écrivaine ait songé à nous comme personnages de ses livres.

Mais j'appris ce soir-là que Francine Allard refusait de comparaître devant la juge Petit Rafiot. Elle avait fait table rase de toutes les citations à comparaître, de toutes les amendes que lui avaient apportées une horde impressionnante d'huissiers. Elle se terrait dans son bureau, avait bloqué le téléphone ; on racontait même qu'elle avait disparu dans une maison de Key West, voisine de celle de l'écrivain Michel Tremblay. Elle était introuvable.

Au bout de deux semaines de tergiversations entre eux, maître Plain D'Prune, l'avocat de l'auteure, et maître De la Paillette convinrent de préparer une rencontre mémorable entre les deux belligérantes. Le monde allait assister à la première réunion d'une auteure et de son personnage. Ils téléphonèrent à Julie Skipper, la plus populaire des animatrices de *talk-show* du petit écran qui accepta avec enthousiasme.

L'émission fut prévue pour le 11 décembre suivant.

— Les cotes d'écoute vont grimper !

— Les compagnies de téléviseurs vont faire des affaires en or !

— Julie Skipper ne s'en remettra jamais !

— Les autres stations vont déclarer faillite !

Tout le monde ne parlait que de cette fameuse émission-choc au cours de laquelle Imelda de Jubinville allait essayer d'obtenir les droits de son propre personnage dans les romans de l'auteure Francine Allard.

Nous sommes arrivés à la station de télévision TGV vers vingt heures, en ce 11 décembre. Les recherchistes de l'émission de Julie Skipper avaient tout prévu : du jus de framboise à l'eau de rose pour calmer les esprits enflammés et, si ce breuvage ne suffisait pas, elles avaient retenu les services de deux policiers qui impressionnèrent beaucoup Yogourt.

— N'oublie pas de sourire, Ingrid, me suggéra tante Imelda.

— Et ne fume pas ta pipe devant les caméras, Gérard !

— Et pas de doigts dans le nez !

— Et le dos droit !

— Et n'interrompez pas les autres !

— Et ne jappe pas, mon petit Ya-ourt !

Elle n'arrêtait pas de nous donner des cours d'étiquette à Gérard, à mon chien et à moi. Il est vrai que notre écrivaine n'en était pas à sa première expérience sous les feux de la rampe. Elle était très nerveuse et, comme toujours, elle tapotait le bord de sa jupe en soupirant à chaque seconde.

Soudain, un brouhaha indescriptible se fit entendre. Un homme surgit dans la petite salle attenante au studio, des écouteurs sur les oreilles et un cartable entre les mains. Il fut vite suivi d'une horde de techniciens et de caméramen, les bras tendus dans tous les sens. Ils poussaient tous des petits cris d'excitation.

— Elle arrive ! Madame Allard est là !

— Allumez les réflecteurs !

— Préparez les caméras !

— Entrez, mais entrez donc ! nous cria le directeur de plateau. Installez-vous sur les sièges de droite. Votre advers... votre... madame Allard s'assoira à gauche.

La salle était pleine à craquer. Le meneur de claques s'activait à l'avant-scène afin de stimuler la foule qui aurait tout aussi bien pu se passer de ses services. L'atmosphère était déjà explosive !

— Cinq... quatre... trois... deux... un ! On commence !

Tante Imelda s'étirait le cou pour apercevoir son adversaire pour la première fois. Elle me fit signe de regarder. Je ne vis personne. Elle se pencha et chuchota à mon oreille :

— Qu'est-ce que c'est que cette comédie ! Je ne la vois pas ! Où est-elle passée ?

Sous un tonnerre d'applaudissements, l'animatrice Julie Skipper se présenta devant son public en délire. Elle portait un énorme livre autour de la taille et une couronne de stylos de toutes les couleurs autour de la tête. De plus, elle était grimpée sur deux dictionnaires qui lui servaient de chaussures.

Tante Imelda continuait à s'énerver.

— Mais où est-elle donc? Je ne la vois pas..., grommela-t-elle.

— Et pourtant..., glissai-je.

— Et pourtant quoi?

— Elle paraît assez enrobée, selon la photo que j'ai vue à la fin d'un de ses livres.

Lorsque les applaudissements diminuèrent, la célèbre animatrice prit un air très sérieux.

— Chers téléspectateurs, chères téléspectatrices. L'émission de ce soir est très attendue. Nous allons assister à une première mondiale. Un personnage de roman pour la jeunesse fera la connaissance de son auteure. Je vous présente d'abord ce personnage savoureux, excentrique et très populaire: Imelda de Jubinville...

Le public se mit à applaudir très fort.

— Maintenant, celle qui a créé le personnage de tante Imelda: Francine Allard.

À la droite de Julie Skipper, il n'y avait personne. Mais les spectateurs en studio se levèrent pour accueillir l'auteure.

— Mesdames et messieurs, pour des raisons que vous comprendrez sûrement, nous recevons madame Allard sur grand écran, en direct de chez elle.

— Bouh... ouh... ouh! crièrent certains membres du public.

— Bonsoir, madame Allard, dit l'animatrice en fixant l'auteure.

— Bonsoir, mes amis. Bonsoir, Julie. Bonsoir, ma chère Imelda !

En entendant cela, ma grand-tante s'immobilisa. Comme paralysée. La voix de la dame l'avait ensorcelée. Je la regardais et j'avais l'impression qu'elle était devenue un personnage de dessin animé.

L'auteure continua :

— Tu ne dois pas être surprise. Tu me connais très bien puisque tu proviens de mon imagination. Je connais tout de toi, je sais tout ce que tu penses et tout ce que tu vas faire. Tu vois, je sais, par exemple, que dans deux secondes, tu vas tripoter le rebord de ta jupe...

— Pourquoi ? murmura tante Imelda.

— Parce que c'est écrit, ici ! s'écria madame Allard.

À moi, elle me paraissait très joviale. Elle riait de bon cœur et ses yeux étincelaient comme des diamants. L'auteure souleva solennellement un livre qui se trouvait devant elle. Elle en ouvrit une page et la tendit à la caméra. Tout en haut, à droite, tout le monde put y lire :

Gênée devant les caméras, tante Imelda tripote sa jupe comme elle le fait toujours lorsqu'elle n'est pas maître de la situation.

Le public était consterné. Jamais une chose pareille ne s'était produite. C'était hallucinant !

— Ma très chère Imelda, c'est pour cette raison que je ne t'en veux pas. Je sais que dans quelques minutes, nous serons les deux meilleures amies du monde.

— Comment le savez-vous, madame la grande auteure des aventures des autres ? lança tante Imelda en retrouvant son aplomb.

— Parce que tout est écrit. Je suis l'auteure.

Gérard ne savait plus quoi faire. Moi, je croyais avoir la berlue. Je faisais aussi partie de l'imaginaire de cette écrivaine.

— Vous n'avez pas le droit de faire ça à une vieille dame ! Ni à un vieux loup de mer, ni à une petite fille gentille, ni à son petit bichonnet !

Julie Skipper, voulant justifier son rôle d'animatrice, s'approcha de l'écran et ajouta :

— C'est vrai ça ! Vous n'allez pas un peu trop loin, madame Allard ?

L'auteure fut prise d'une très grosse envie de rire.

— Attention, Julie! Vous... vous allez tomber en bas de vos gros souliers!

L'animatrice eut à peine le temps de poser les yeux sur le bout de ses excentriques chaussures, qu'elle perdit pied et se retrouva sur le derrière.

Cette fois, le public suivit l'auteure dans une cascade de rires qui aurait fait l'envie de bien des comiques.

— C'était écrit. C'est moi l'auteure! n'arrêtait-elle pas de prononcer.

Tante Imelda mit ses mains devant sa figure. Elle avait soudainement changé du tout au tout. Elle se leva et se dirigea vers l'écran géant.

— Mais j'y pense, ma chère Francine, c'est donc vous le coup du vol de ma collection de croustilles?

— Bien sûr! Mais c'est aussi moi le coup du beau Gérard Mc Dermott de qui vous êtes éperdûment amoureuse.

— Ouais... Mais vous avez exagéré un peu ma bizarrerie au Congrès mondial des gens bizarres! J'ai du toupet, mais tout de même...

— Il fallait bien faire rire les enfants.

Sur ces mots, Gérard, tante Imelda et moi comprîmes la vérité. C'était donc cela la vraie mission de cette auteure qui écrivait pour rendre les enfants heureux. Le public le comprit, lui aussi, puisqu'il se mit à applaudir chaudement.

— Mes chers personnages ! Il faut que vous sachiez que jamais personne ne vous aimera autant que moi. Je connais par cœur vos réactions. Je vous ressens par toutes les cellules de ma peau et Dieu sait si j'en ai ! Et la chose la plus importante dans tout ça, c'est que, grâce à moi, vous ne vieillirez jamais.

— Ah non ? Il me semblait que j'avais un peu plus de rhumatismes, glissa Gérard.

— Et moi, un peu plus de rides, ajouta ma grand-tante.

Quant à moi, j'avais toujours eu hâte de devenir grande, mais je vivais si heureuse auprès de mes parents et de ma vieille tante que je n'allais pas me plaindre.

— Un dernier mot, madame Allard, avant la pose publicitaire ? proposa Julie Skipper.

L'auteure s'approcha de l'écran et avec son plus beau sourire, déclara à notre intention :

— Je suis la créatrice de vos aventures, mais... j'accepte les propositions.

Tante Imelda sauta à pieds joints sur l'occasion.

— Nous aimerions beaucoup aller en Chine, puis en Australie. Ingrid adore les kangourous et les koalas. Puis, dans la prochaine aventure, un peu moins d'arthrite pour mon vieux Gérardoux, n'est-ce pas Gérard? Et encore...

— ... plus de rencontres avec Myrtille Macaque et Ruello? Et des nouvelles de Carmella pour Ingrid? Et aussi un amoureux pour elle, non? continua l'auteure.

Nous sommes restés bouche bée. Totalement muets comme des carpes japonaises. C'étaient les mots que nous avions sur le bout de la langue.

— ???

— PARCE QUE C'EST MOI L'AUTEURE!

Épilogue

Après l'émission de Julie Skipper, nous revînmes à la maison des Mc Dermott, rassurés sur une chose au moins : notre auteure n'allait pas nous faire la vie dure. Nous étions très contents de nous retrouver tous ensemble, et nous comptions vivre de nouvelles aventures.

Francine Allard n'avait-elle pas promis de nous envoyer en Australie admirer les kangourous et les koalas ? N'avait-elle point consenti à diminuer les rhumatismes de Gérard ? N'avait-elle pas accepté de me faire aimer par un garçon ? Moi, j'avais confiance que, tant que cette écrivaine aurait toute sa tête, nous serions des personnages heureux.

Le lendemain matin, je me réveillai très tôt. Avant même les Mc Dermott qui étaient pourtant de véritables oiseaux de basse-cour. Je me rendis à la cuisine et me servis un bol de céréales avec des dattes et des figues. Je ramassai un des livres de tante Imelda qui traînaient çà et là pour que nous n'oublions jamais qu'elle en était l'auteure. *Boum!* était un livre passionnant et, même en le relisant, j'apprenais encore des choses au sujet de ma grand-tante. Mes parents, grand-mère Thérèse et les parents de mon amie Stéphanie avaient adoré *Boum!*

Ma chère tante avait reçu des dizaines d'appels et des piles de gentilles lettres de félicitations.

Après l'émission de télévision cependant, elle devait retomber dans une sorte de dépression qui, je le savais, n'allait se terminer qu'avec l'arrivée d'une nouvelle aventure. Le rôle de personnage était très astreignant, avais-je dû admettre. J'ouvris le livre à la page 23. Celle-ci était blanche. Croyant m'être trompée, j'ouvris un peu plus loin : vide. J'accourus à la salle à dîner où un rayon de l'étagère était rempli d'exemplaires de *Boum!* et je dus constater que tous les livres étaient... effacés.

Je me mis à crier :

— Tante Imelda ! Venez vite ! Il n'y a plus rien dans vos livres !

Enroulée dans son peignoir rose, ma grand-tante accourut aussi vite qu'elle put.

— Quoi, mon Ingrid ? Que dis-tu là ?

— Il n'y a plus rien dans vos livres.

Elle saisit les livres un à un et les feuilleta avec énergie.

— Pas possible ! Gérââârd !

Mon grand-oncle se précipitait toujours lorsque sa vieille sirène se mettait à retentir.

— Gérard ! Mes livres. Vides ! Et cette fois, il n'y a pas de cornichon à l'aneth dans le coin. Ne reste pas là la bouche ouverte. Le vent va se lever et tu vas te mettre à jouer de la flûte ! Fais quelque chose ! Il faut retrouver... il faut retrouver...

— Retrouver quoi, mon Imelda ? prononça-t-il lentement.

Ma grand-tante et moi étions vraiment incapables de répondre à ça. En effet, il fallait chercher quoi ? Les mots des livres de tante Imelda ?

— On ne peut pas retrouver les mots lorsqu'ils se sont envolés, mes amours, glissa tendrement Gérard Mc Dermott.

Dans l'après-midi, Tante Imelda rejoignit Still Hystic au téléphone.

— Il faut élucider cette disparition. Aidez-nous, monsieur l'inspecteur. Nous sommes de pauvres victimes dans toute cette histoire.

— Je ferai d'abord mon enquête, répondit le détective. À propos, vous étiez très bien à la télévision.

— Nous irons avec vous, conclut-elle.

Nous suivîmes donc Still Hystic dans toutes les librairies de la ville. Partout, c'était la consternation. Les clients revenaient par centaines rapporter leur exemplaire de *Boum!* Toutes les pages étaient blanches. Les caissiers devaient rembourser les insatisfaits. Les nouvelles télévisées n'allaient parler que de cette affaire étrange.

Les quotidiens titraient :

Les mots de BOUM! *se sont échappés.*

Boum! victime d'une explosion!

Le syndrôme de la page blanche pour Imelda de Jubinville!

Des magiciens et des adeptes de la sorcellerie moderne se pointèrent. Des policiers à la retraite vinrent se joindre à Still Hystic. Des centaines d'élèves des écoles avoisinantes affluèrent afin de tenter de résoudre la plus grande énigme jamais posée jusque-là. Il fallait trouver la raison de la disparition des mots dans les livres de ma grand-tante.

— Où est-elle passée ? me demanda Gérard.

Tous les regards s'entrecroisèrent. Pas l'ombre d'une Imelda dans les parages. J'étais très inquiète. Qu'allait-il arriver encore ?

À la librairie Les Arcades où nous entrâmes tous, le libraire avait découvert le pot aux roses. Les curieux gardaient un silence respectueux. Tante Imelda se tenait à sa droite, un sourire narquois entre les lèvres.

— Mes amis, mes amis. Écoutez-moi. Je détiens ici la raison de la disparition des mots du livre de madame de Jubinville. La voici.

Il saisit une toute petite enveloppe rose. Il en extirpa la note qui y était insérée et la présenta à ma grand-tante. Celle-ci la lut, puis, dans un geste théâtral, la lança au-dessus de sa tête en marmonnant :

— J'aurais dû m'en douter.

La petite note retomba à mes pieds en tourbillonnant. Je la ramassai. Avec une

écriture ronde et énergique, Francine Allard avait écrit:

CHÈRE IMELDA! JE T'AI POURTANT DIT QUE C'ÉTAIT MOI L'AUTEURE!

TABLE DES MATIÈRES

FRANCINE ALLARD

« J'ai atteint un âge assez respectable maintenant pour me permettre de retomber en enfance. »

C'est ce qu'affirme Francine Allard à qui veut l'entendre. Ce roman de la collection Tante Imelda est son dixième ouvrage pour la jeunesse, à part quelques participations à des collectifs. Alors, trois hourras et un bravo ! Et ce n'est pas fini. Rendre les enfants heureux, tel est le leitmotiv de tante Imelda... et d'une auteure qui lui ressemble beaucoup !

Collection Tante Imelda

des romans écrits par Francine Allard
et illustrés par Isabelle Langevin